Chara

楽天主義者《オプティミスト》とボディガー

崎 勇

キャラ文庫

この作品はフィクションです。
実在の人物・団体・事件などにはいっさい関係ありません。

目次

楽天主義者とボディガード

口絵・本文イラスト／新藤まゆり

その日の朝、朝一番に鳴り響いた電話の音が、私の眠りを中断させた。

前の日は込み入った話の電話で、眠りにつくのが遅かったのに、一体誰が。

もそもそとシーツの海を泳ぎ、最後のひとかきで受話器を取る。

「はい、もしもし。平泉《ひらいずみ》です」

かろうじて寝起きに聞こえない声で出たつもりだったのだが、相手はそんなことはお見通しだった。

『初美《はつみ》くんか？　もう九時過ぎだぞ。まだ寝てたのか？』

「…ああ、伊沢《いざわ》のおじさん」

『伊沢のおじさん、じゃない。もっとシャキッとせんか』

相手は親の友人でもある、伊沢のおじさんだった。

「でもおじさん。私の会社は十時に出勤すればいいんですよ？　しかもここから会社は歩いて十分。まだまだ寝ててもいい時間でしょう？」

理屈で攻めたつもりだったが、反対に怒られてしまった。

『君は社長のくせに、そんな遅くに出社してるのか』

「おじさん、私の会社の取引先はアメリカなんです」

『だからどうした。時差があるとでも言いたいのか？　だからって日本でする仕事がないわけじゃないだろう。大体からして君は…』

「おじさん。私の生活態度を戒めるためだけに、こんな時間に電話してきたんですか？」

伊沢のおじさんは親身になってくれるのだが、親身になり過ぎるのがタマに瑕《きず》なのだ。

『ああ、そうじゃない。実は神谷《かみや》が倒れたんだ』

「え？　神谷の伯父さんが？」

驚いて、まだごろごろとしていたベッドの上に身体を起こし、居住まいを正す。

「どういうことです？」

『倒れたと言っても、自分で車を呼んで病院に行ったらしいが、脳卒中だそうだ。何日か前から手足に痺《しび》れが出てたらしい。丁度《ちょうど》病院で検査を受けようとした時に倒れてな。相変わらず強運な人だ』

「意識はあるんですか？」

『意識はあるようだが、今は面会謝絶だ。病院に行っても会えないぞ、というか君は絶対病院へ行ってはいかん』

「酷《ひど》いな」

『君だって想像がついてるだろう。彼が倒れたらどうなるか』

「まあねぇ…」

私の母親の実家、神谷家は恥ずかしくなるくらいの金持ちだった。

元々は老舗《しにせ》の家具屋だったらしいが、今では輸入物なども置くインテリアショップを全国展開、なぜかレストランのチェーンも十二店舗持ってるし、地元に不動産も持ってるという、総資産が幾らになるかわからない家なのだ。

だが、そのトップにいる私の母親の兄、つまり神谷の伯父には子供がいなかった。奥様はいらしたのだが、子供ができず、ついには離婚してしまった。

もし神谷の伯父に何かがあった時、誰がその資産を継ぐかというのは何度も話題になることだった。

今のところの筆頭は甥《おい》の私、ということになるが、実は私の母親は駆け落ちで神谷の家を出ている。

しかも神谷の伯父の兄弟は妹である私の母親だけだが、従兄弟《いとこ》は数人いた。その従兄弟達は神谷の社内にいるので、ぽっと出の部外者の子供が全部持って行くなんてのは許せないことだろう。

伊沢のおじさんは神谷グループの重役で、母親のことも知っている人で（母のことが好きだったのではと思ってるのだが）、そういったしがらみのせいで表立って私の世話をやけない神谷の伯父に代わって何かと世話をやいてくれる人なのだ。

『今日もこれから重役会議で、神谷くんの代行を誰にするか話し合うことになると思う』

「それは伊沢さん達重役の円卓になるんじゃないですか？　どうせ伯父さんが復帰するまではその方向でしょう」

『冷静なところが可愛くないな』

「もう可愛い歳《とし》じゃありませんよ。幾つだと思ってるんです」

『そんなことはいい。とにかく、神谷の連中は過激だからな、君の身の安全を考えて、私からボディガードを付けることにした』

「ボディガードですか？」

それはまた大袈裟《おおげさ》な。

と、言い切れないことを、自分は知っていた。

『今日、君の会社の方へ行くように連絡しておいた。約束の時間は十時半だ』

十時半…。時計を見ると、あと一時間ない。

『MGCという会社で、アメリカの方でも…』

「おじさん、私に遅刻者の汚名を着せたくないなら、電話を切らせてください」

『会社まで十分なんだろう？』

「私はまだ裸なんですよ。これから着替えて会社に辿《たど》り着くまでにはギリギリです」

『わかった。じゃあまた夜にでも、こっちからまた電話するから』

「はい、それじゃ」

受話器を置いて、もう一度時計を確認し、ベッドを降りる。

どうやらこれから慌ただしい日々が始まるようだが、今はまず勝手に決められた約束の時間までに、それなりの身仕度を整えて、会社に滑り込まなくては。

万が一を考えて、一応会社に『私にＭＧＣという会社の人間が来たら接待しといて』とだけメールして、着替えを始めた。

食事かシャワーか、どちらかは諦《あきら》めなくてはならないなと思いながら。


『初美』という名前は、女の子のようだが、自分としてはとても気に入っていた。

亡くなった父と母から一文字ずつもらって付けられた名前だからだ。

だが平泉初美、と書くと大抵の人間はこちらを女性と間違える。後で直接会うと、細身で女顔とはいえ一メートル八十近い男が現れてビックリするというわけだ。

そして今回も、伊沢さんは私のことを『男』と付け加えるのを忘れたのではないだろうか。パーテーションで仕切られた応接室で待っていた黒いスーツに身を包んだ二人組の男性の、年上の方は私を見て、一瞬だけ怪訝《けげん》そうな顔をしたから。

「あなたが『平泉初美』さんですか？」

「すいません、遅れてしまって。伊沢さんから連絡があったのが今からギリギリだったものですから。確かに、私が平泉です」

軽く頭を下げ、二人の前に腰を下ろす。

私が部屋に入った瞬間に立ち上がっていた二人も、同時に座り直した。

「伊沢氏からご依頼を受けまして、参りました。私がＭＧＣの松尾《まつお》、こちらが西岡《にしおか》と申します」

名刺を差し出したのは、松尾と名乗った方だった。

がっちりとした体つき、顔に皺《しわ》は目立つが頭に白いものはない。老けた三十代か、見た目通りの四十代か、若い五十代か。手を見ると五十代ではなさそうだな。

隣で黙って座ってるのは私よりも背の高い、短くした黒髪がカッコイイ背筋の伸びたハンサム。これはどう見ても二十代後半だろう。

「それで、伊沢さんは何を依頼したんです？」

「何も伺っていないのですか？」

「正直、詳しいことは何も。神谷の家のお家騒動で私が危険になるかもしれないからボディガードを頼んだ、とだけです」

「では私の方から説明いたしましょう。神谷氏の甥御さんである平泉さんが狙《ねら》われている理由は説明の必要がないようですが、伊沢氏はあなたのご親戚《しんせき》が大変過激な方々だと思っておいでのようです」

「さほどでもないと思いますけどね」

「以前もトラブルがあったと聞いています」

「ちょっと家に乗り込んでこられた程度です。今はそんなこともありません」

「ですが、今回は『ちょっと家に乗り込んでくる』では済まないと思ってらっしゃるようですよ。神谷氏に子供はなく、あなたはご両親が亡くなってすぐに神谷氏に引き取られ、親族内で顔見せのパーティまで開いてもらった」

その情報には少し誤りがある。正すほどではないけれど。

「欲の皮の突っ張った人間から与えられるであろう危険を排除するために伊沢さんに依頼を受けました。これからは我々が二十四時間あなたの側《そば》で警護させていただきます」

「二十四時間？」

　思わず私は聞き返した。

「そうです。本日ただ今から、常に我々があなたの側に付きます」

「そんな必要はありません。伊沢さんは物事を大袈裟に考え過ぎてるんです」

　それは困る。

「そうでしょうか？」

「そうですとも。第一、私にボディガードなんか付いたら、却って『ボディガードを付けなければならない何かがある』と勘ぐられます」

「迷惑だ、と？」

「はっきり言えば」

「ですが、我々はあなたをガードする依頼を受けているのです。はいそうですか、とは帰れません」

「私はいらない、と言ってるのに？」

　松尾はにっこりと笑った。

「ではそのように伊沢氏に申し出て、依頼を取り消してください。お電話なさるなら待っています」

と言われても、伊沢のおじさんは今頃円卓会議の最中だろう。そこへ『私からの電話』はヤブを突ついて蛇を出すようなものだ。

「私が後で伊沢さんに申し伝えておく、ではダメですか？」

「私達は依頼を受けてしまったのです。キャンセルがあるまでは依頼を遂行させていただきます。なに、ただ側に立ってるだけですから」

「それが困るんです」

「何故《なぜ》です？」

「あなた達もこの会社に来ておわかりでしょう？　ウチは大企業じゃない。しかも仕事の相手はほとんど若い連中ばかり。あなた達みたいな人間を連れ歩くのは異様です」

そう。

私は神谷のグループとは全く関係がない。

肩書こそ社長ではあるけれど、従業員は自分を含めて六人の小さい会社で、社屋も雑居ビルの中のこのワンフロアだけ。

仕事内容はネット関係で、今は主にアメリカの大手オンラインゲームのサポートを下請けしている。つまり仕事相手はパソコンオタクの人々がメインなのだ。

打ち合わせも酒を飲みながら、という連中相手に、ボディガードなど連れ歩いたら何を言われるか。

それ以前に部外者を同席させることには難色を示されるだろう。

ゲームというソフトさの裏で、ネット関係には秘匿事項が多いのだ。

そのことを説明すると、松尾は大きく頷《うなず》いた。

「平泉さんの仕事の性質、というものはわかりました。けれど我々も仕事です。はいそうですかと帰れないことはおわかりでしょう？」

「…でしょうね」

特にこの松尾という人は一筋縄ではいかないようなタイプみたいだ。

いくら不要だと言っても、それだけでは引き下がらないだろう。

「では、我々のうちどちらかがあなたの会社にアルバイトとして入社する、というのではどうでしょう。たとえばあなたの秘書として」

「従業員五人の会社で社長秘書ですか？」

それも無理がある。

「では、見習いのカバン持ち」

「だとしたら、松尾さんは無理ですね。カバン持ちには重厚過ぎます。そちらの西岡さんなら…カッコ良すぎですが、まあ年齢的に何とか」

若い方も簡単そうじゃない面構えだが、まだ老獪《ろうかい》な印象の松尾よりは何とかなりそうだと思ってそう言った。

「では西岡をサイドに付けましょう。私は近くにいますが、なるべくあなたの前に姿を現さないようにします」

「はあ」

「べったり張り付くのは最初の二、三日だけですよ。そこでこれといった危険がなければ外出の際だけにします。それでも安全が確保できると思えば、少し離れたところからということにしましょう」

「はあ」

「財産相続に関する護衛というのは他でもありますが、そんなに大袈裟になることもないですから、ご心配はいりませんよ」

「だといいんですが」

松尾はある程度にこやかに話をしてくれたが、その間若い方の西岡はほとんど口を開かなかった。

無愛想で無口なのか、今は先輩に場を譲っているのか。

どっちにしても、自分よりデカイ人間にこれからずっと張り付かれるのか…。

あんまり嬉《うれ》しくないな。

「平泉さんの方から、何か我々に伝えたいことはありますか?」

「特には。…ああ、一つだけありました」

「何でしょう?」

「ガードの依頼をしたのは伊沢さんなので、私は好き勝手にします。私を守りたかったら、実力で付いて来てください。仕事の邪魔になったらリコールさせていただきます」

「…はい?」

「だって、あなた達、プロのガードでしょう? だったら対象者の行動を制限したり、対象者の利益を害したりはしないですよね? そんなの、プロとは言えませんもん。ですから、プロじゃない人に守られるのなら、伊沢さんに丁寧にお断りさせていただきますよ」

やりたいことはいっぱいある。

仕事でもプライベートでも。

なのに部外者に張り付かれて行動を制限されるのは迷惑だ。できればガード自体をこの場で断りたいのだけれど、それは無理とわかったから、取り敢《あ》えずは我慢しよう。

ただし、断れる理由を見つけたら、さっさとお引き取り願いたい。

二人がバカでないのなら、この一言が『歓迎してません』って意味だとわかってくれるだろう。

「わかりました。あなたにプロ失格と言われないように頑張りましょう。ですが、ある程度の協力はお願いいたします。我々は万能ではありませんので」

「善処します。それと西岡さん」

「何でしょう?」

初めて聞くその声は、意外にも低く、いい声だ。

「今日は仕方ないですけど、明日からスーツはやめてください」

「何故です?」

「あなたがスーツ着てると空気が重いので。ジャケットとパンツにしてください。衣装は必要経費で落としてもいいですから。あ、いや、これから買いに行きましょう」

「それは結構です。あなたがお仕事をなさってる間に着替えて来ますよ」

「私はすぐに出掛けますよ?」

「どちらに?」

「買い物です」

「必要ですか?」

「ええ」

「では同行して自分で買い揃《そろ》えることにしましょう。クライアントから依頼費以外のものを受け取ることは禁じられていますので」

『おじさん』の『お願い』をきくのも大変そうだけど、まあ仕方がないか。

「私はクライアントじゃありませんよ」

「自分の服を買えるくらいの金は財布に入ってますから」

「人に物を与えられるの、嫌いなタイプ？」

「意味がなければ」

大人だな。そして仕事に徹している感じがする。歳は近そうなのに。

「じゃ、私は今から買い物に出ます」

「お供しましょう」

自分のやりたいことをやるためには、彼等から伊沢のおじさんに『ガードは必要ない』と思わせればいいのだろう。きっとそれは難しくないはずだ。

私はそういうふうに見られる人間だから。

私の母は大変な美人で、伊沢のおじさんも事あるごとにそのことを口にしていた。

そしてその母に、私はよく似ている。

伊沢のおじさんの言葉を借りなくても、自分がハンサムだという自覚はあった。

なので女の子達には第一印象から受けがよかった。

しかも、性格的には明るく気取ったところがないので、付き合えば同性にも好かれる自信があった。

ただ、派手な顔立ちと明るすぎる性格は、時として気楽な遊び人と見られる要因になっていた。

結構真面目に働いてても、何でも気軽にやってる、と見られるのだ。

まあ物事深刻に考えるタイプじゃないから、それはそれでいいんだけど。今回は逆にそれを利用させてもらった。

西岡を引き連れて、車で都心に向かう。

そこでまずはショッピングに勤《いそ》しんだ。

本当はこれも仕事。

私の仕事はネットゲームの管理運営のサポートと言ったが、プログラム自体はアメリカの本社がやっている。

ウチの会社では、その日本語サイトの中で、ユーザーの相談を受けたり、日本独自のアトラクションを考えたりするのだ。日本人ならではのアイデアは日本人に、ということだろう。たとえば、キャラクターのヴァーチャル世界内での家や服やアイテムを、どういうのがいいかチョイスして提案する。畳の部屋を作るにしても、まず畳の大きさや質感などをデータにして本社に送り、そこに置く調度品はこういうのがいいと教えるのだ。

そして日本で流行してるものがあれば、それもゲーム世界で売りに出す。

最近はヴァーチャル世界というものが認知されているから、時にはメーカーと直接交渉して、ゲーム内でCMを流すなんてこともする。

仮想と現実は近づいて来てるってとこ？

なので、リサーチとして、街で流行《はや》ってる服をチェックしたり、美味《うま》いと言われる料理を食べたり、あちこちの風景を写真に撮るのは立派な仕事なのだ。

もちろん、仕事内容を把握していない人間が見れば、街中をうろうろと歩き回り、デジカメ片手に物見遊山にしか見えないことはわかっていた。

だから敢えて、西岡には何の説明もせず彼を連れ回した。

まずは服を買い、彼に着替えをさせる。

スーツからライダースジャケットに細身のパンツに着替えた彼はカッコよかったので、本人の了解を得て一枚写真を撮る。いつかゲームマスターのビジュアルで使ってみようと思って。

その後は、最近流行しだした手作りの帽子屋へ行って、アイテムを吟味。

買いはしなかったけれど、店の外からまた一枚。

ファンシーショップは付いて来ないかと思ったら、西岡は平気な顔で一緒に中に入って来た。

「こういうの平気？」

と聞くと、平然とした顔で答えた。

「仕事ですから」

プロ根性、ある感じ。

女性の下着の店にも行って、彼女にチェックしてもらいたいから写真撮っていい？　と聞いてからそこでも写真を撮る。

ここまでくると大抵の人間は『何をしてるのか』と聞いてくるのだが、西岡は何も聞かなかった。

こっちが笑ってしまうほど真面目に、周囲の様子に気を配っていた。

スイーツの店にも付いて来るし（彼はコーヒーだけだったけど）、デパ地下や宝飾店や駄菓子屋でも態度は同じ。

ネットカフェで自分のゲームの操作具合をチェックしてる時も、『何を遊んでるのか』とは言わなかった。

松尾の方は全く近くに気配を感じなかったが、どこかでこっちを見ているのだろう。

西岡が何度か携帯で連絡を取っていたから。

番犬という意味のガード・ドッグという言葉があって、それを人に使うのはよくないことだと言われているけれど、彼は正にそんな感じだった。

躾《しつけ》のよい、ドーベルマンのようだ。

そう思うと、彼を従えてるのは悪い気分ではなかった。

子供の頃から大型犬を飼ってみたいと思ってたんだよな。

ただ、この犬は所詮《しょせん》ただの犬ではないところがちょっとだけヤな感じだけど。

外で夕食を摂《と》り、マンションへ戻った時、そのヤな感じはより強くなった。

「ここがあなたの自宅ですか?」

築十六年の、いささか古臭くなり始めた大きな建物の前で、彼は言った。

「そうですよ。どんなところを想像してました?」

「流行のエントランスも二重に仕切られてそれぞれに暗証番号入力、エレベーターにテレビカメラ、各部屋の鍵《かぎ》はディンプルか電子ロック?」

「一人で住むのに無駄金をかけるのはもったいない」

「神谷の人間ならセキュリティは必要なのでは?」

「私は神谷の人間じゃないって言ったでしょう? 平泉、です」

彼の想像は、私が神谷の親戚だと知ると誰もが口にすることなので、特に何とも思わなかった。

確かに、何十億の資産を受け継ぐかもしれない人間が住むには、都心から離れ、広い幹線道路の脇《わき》に立つ古いマンションというのはそぐわない、だろう。

「カーテンの下がってない部屋もありますね」

「それは空き部屋。各フロアに一つくらいはあるよ」

「裏口はあります?」

答えたくないけど、嘘はつけない。

「そっちに。ゴミ置き場があって、その奥から出られる」

玄関のガラス扉はいつも開きっ放し、エレベーターの他に内階段と非常用の外階段がついていて、外階段は簡単な鉄柵の扉が一枚あるだけだから誰でも利用できる。

玄関ドアのある場所は高い柵で外から見えないようになっているが、それは警備をしたい彼等にとってはあまり歓迎すべきものではないだろう。

鍵は二つ付けてはいるが普通のもの。扉は鉄製だけれど、多分ドリルを使えば簡単に穴が開くタイプだ。

だがそれを私の口からは説明しなかった。

意地悪ではない。

その方がいいと判断したからだ。

エレベーターで上へあがり部屋の前でくるりと彼に振り向く。

「今日は一日ありがとう。また明日」

「部屋へは入れてくれないんですか?」

もちろんだ。

「友人ではない者を部屋へ入れるつもりはないんで。君がガードでも、私が頼んだ人間じゃないからね」

「なるほど。では、ここで明日あなたが出て来るのを待ちましょう」

「…ここ?」

「ここです」

彼は足元の床を指さした。

「それ、迷惑なんですけど。隣近所から不審者で通報されるかもよ?　ここは吹きっさらしだ、第一夜は冷えるでしょう」

「部屋の中に入れてもらえないなら、仕方ありませんね」

笑った。

今絶対この男は笑った。

見逃さなかった一瞬の笑顔が気に障るから、ふい、と視線を逸《そ》らす。

「じゃあ、好きにしてください」

と言って鍵を開け、一人部屋の中へ入ってしまった。

彼は強引に付いて来ようとはしなかった。

本気で朝まで立ってるつもりだろうか？

そういうの、好きじゃないんだけど。

「と、それより電話」

私はすぐに伊沢のおじさんに電話を入れた。

だが迷惑なのだ、と何度説明しても、おじさんは聞き入れてはくれなかった。

『保険みたいなものだ。この年寄りを安心させてくれるつもりがあるなら、暫《しばら》く付けておきなさい』

自分のこと、年寄りだなんて思ってないクセに。そう言えば折れると思って。

「わかりました。じゃあ最大譲歩で、これ以上人員は増やさないでください。そろそろボディガードがくっついてたら、それこそ怪しまれますからね」

そして私はその言葉に弱いのだ。

この人は、本当に自分に親身になってくれる人だと知っているから。

もう一本電話をかけ、風呂に入り、着替えを済ませてからもう一度そっと玄関のドアを開ける。

細目に開けた隙間《すきま》から、壁によりかかって立っている彼と目が合った。

「何かありましたか?」

私はごく一般的な良心を持ち合わせている、健全なる小市民だ。

世の中の人が全《すべ》て幸せであるようにと願えるくらいの、善良な人間なのだ。

「…わかった。友人になるなら、入れてあげますよ」

この寒空に突っ立ったままの人間を無視できるほど冷酷にはなれない。

「あなたと?」

「そう。だからその堅っ苦しい話し方は止めてください。どうせあなたの方が年上なんでしょう?」

「二つほど」

こっちの年齢も知ってるのか。

「どうぞ、入ってください。コーヒーでも淹《い》れますよ」

「それはどうも。少し寒いと思ってたところです」

「まだ三月ですからね」

彼を招き入れ、まずは部屋の説明をする。

「間取りは３ＬＤＫ。家族向けで作られたらしくて、防音はいいですよ。電話はそこですが、盗聴はお断りです。仕事柄ね。奥のドアは寝室、そっちが仕事部屋、そこは物置兼仮眠室です」

「仮眠室？」

「仕事で帰れなくなった社員を泊めてやってたんです。今は会社に仮眠室を作ったので誰も来ませんが、そこをあなたに譲りますよ」

それから、リビングに連れて行き、ソファを勧める。

「部屋の中で消えたりしないから、そこで待っててください。退屈ならあなたの部屋でも見て来ていいですよ。他の部屋は開けないように」

「わかりました」

「『わかった』でいいです」

「では、タバコを吸ってもいいか？」

「どうぞ」

暫く使ってなかった灰皿を取り出し、テーブルの上へ置いてやる。

気分は最悪…、ではなかった。

この部屋に人を招くのは久しぶりだ。

自分のプライベートに踏み込まれるのが嫌というのではない。仕事柄、人が呼べる時間にこの部屋にいないからだ。

会社の連中が来ることがあっても、大抵は食事をしてすぐ寝てしまうから、人を招くというより場所を提供する程度のものだったし。

キャビネットから客用のカップを取り出す時にも、思わず一度綺麗に洗ってしまった。

以前使ってから大分経つな、と思って。

コーヒーメーカーで二人分のコーヒーを淹れ、リビングへ戻ると、そこにはタバコの匂いが漂っていた。

「平泉さんはタバコを吸わないんですか?」

「呼び捨てでいいですよ。そうしたら私も西岡って呼びますから。以前は吸ってましたけど、最近は全く」

「ではタバコは苦手かな?」

気遣うようにこちらを見るから、首を振ってやった。

「父親がヘビースモーカーだったので、タバコの匂いは嫌いじゃない。好きに吸っていいです。寝タバコは厳禁ですが」

「気を付けよう」

向かい合わせにソファに座り、改めてじっくりと西岡を見直すと、やはり格好のいい男だと思った。

こんな仕事をしているわけだから、身体が締まっているのは当然としても、その筋肉の付き方がマッチョじゃない。

「何です?」

視線に気づいて彼が問いかけるから、その感想をそのまま口にした。

「いや、ボディガードにしておくにはもったいないくらいのルックスだと思って」

「それはどうも。あなたもですよ」

「ありがとう。よく言われる。モデルでもやった方がよかったんじゃないかって」

「やりたいと思わなかったんですか?」

「思わなかった。人目を惹《ひ》く仕事は嫌いだから」

「俺達はまだあなたの資料をあまり手に入れていないので、少し質問したいんですが、いいですか？」

「答えられることなら」

コーヒーをすすりながら、この部屋で誰かと話すのは楽しい。

自分の住む場所によい思い出を刻むようで。

「お母様は結婚を反対されて家を出たそうですね」

「そう。父親がしがない電気屋のアルバイトだったから」

「お二人は事故で？」

その辺りは調べればすぐにわかることなので、素直に答えた。

「火事ですよ。私が大学の時にね。私は友人の家に泊まっていて助かったが、母親は焼死、父親は病院に運ばれて三日後に亡くなりました。ま、説明が面倒なのでいつもは事故で通してますけどね」

「神谷氏が、つい先日弁護士を呼んだのは知っていた？」

よく知ってるな。

「いいえ？　伯父さん、そんなことを？」

知っているが、そこは知らないフリをした。

「親族連中はそれはあなたを正式に養子に取るつもりなんじゃないかと思っているようです

よ」

「それは誤解だ。私は今までも、これからも、平泉初美でいい。他の名前を名乗りたくはない」

「お披露目のパーティには出たのに？」

「だって、神谷の伯父の甥ですから。事実を認めてもらうのはいいでしょう？　それとこれとは別の問題だ」

「遺産は欲しくない、と」

「はっきり言っておきます。私は神谷の伯父にはあと五十年は長生きしてもらいたい。そして私は自分の会社で適当に遊んで暮らしたい。年商何億の会社を幾つも持つなんて、面倒なこと、願いさげです」

「金よりも自由、ですか？」

この男は元々こういう喋《しゃべ》り方なのかな。それとも、まだこちらを客として見ているのだろうか。

「楽しみのない人生は好きじゃない。西岡は？」

こちらが挑発的に呼び捨てにしても、彼の態度は変わらなかった。

「俺も俺なりに人生は楽しんでますよ」

いや、少しは緩んだかな？

「さて、そろそろ悪いけど、することがあるのでコーヒーブレイクはここまでにしましょう。風呂は自由に使ってくださって結構。着替えが必要ならお貸ししますよ。私のじゃ小さいかもしれないが」

「いや、結構」

「ここに常駐するなら、着替えは持って来るといいでしょう」

「そうしましょう」

彼の視線を受けながら、私は先に席を立った。

まだやるべき仕事が残っているから、寝室ではなく仕事部屋に入り、自分のパソコンを立ち上げる。

ドアの向こうに、人がいるという感覚は久しぶりなので、やはり意識はそちらに向いてしまう。

「西岡、か」

彼が無能であればいいのに。

格好だけの男であればいいのに。

そうすれば、自分はもっと自由に動けるのだが、今のところその願いが叶《かな》うとは思えなかった。

「デートはお預けかなぁ…」

ウチのゲームの、個人の情報発信サイトを巡って新情報をチェックしながら、ポツリと呟《つぶや》いてみる。

会わないままでいられるとは思えないから、何とかあの優秀な番犬を出し抜く方法を考えないと、と思いながら。

私の朝というのは、九時のことだ。

九時に目を覚まし、シャワーを浴び、簡単な朝食を流し込んで会社に向かう。

十時に出社するのが基本だが、別に十二時に出社しても誰も文句は言わない。そういう会社なのだ。

だから朝の七時というのは、結構な早朝だった。

小さな物音がした気がして、ベッドの中、もそもそと時計を見る。

「…何?」

眠い目を擦《こす》りながらリビングへ向かい、ドアを開ける。上半身は裸だったが、特に気にも止めず一歩を踏み出す。

「ああ、そうか」

微《かす》かに漂うタバコの香り。

そうだ。自分は昨日あのボディガードを泊めたのだっけと、やっと思い出した。

「おはよう」

と背後から声をかけると、キッチンにいた西岡が振り向いた。

「おはようございます」

「随分と早くから起きるんだね。何してたの？」

「コーヒーを飲もうと思ってヤカンを探してた」

言いながら、彼は私が買った覚えのないインスタントコーヒーの小瓶を指さした。

「お湯を沸かすならそこの電気ポットの方が早いし、コーヒーならそっちのコーヒーメーカーを使っていいよ」

「使い方がわからないんでね」

「では淹れてあげよう。そして使い方を覚えてくれ。私にとってこの時間はまだ睡眠時間だ」

「腹は減らないのか」

一晩寝たら、少し態度がくだけてきたな。

「食事はもっと後だよ。でも西岡がお腹が空いたなら作ってあげよう」

「あなたが？」

「食べられるものは出てくると思うよ」

大きな身体の彼を押しのけてキッチンに立つ。

ふと見ると、ダイニングのテーブルの上にはインスタントコーヒーだけでなく、コンビニで買って来たらしいパンやおにぎりもあった。

「買い物に出たの？」

「いや、松尾さんが差し入れてくれた。ついでに着替えも持ってきた」

彼に、こうするんだという視線を送ってから、コーヒー豆をセットして、サーバーに水を入れ、コーヒーメーカーのスイッチを入れる。

次に冷蔵庫の残り物をチェックして、何か簡単に作れそうなものを考えた。

野菜とハムと卵。パスタが残ってたからそれで適当に作るか、と鍋《なべ》で湯を沸かす。

「料理をするとは思わなかった」

「そう？　自炊歴は長いんだ。アルバイトもしてたしね」

「アルバイト？」

意外、という声が上がる。

「不思議？　この歳なら誰でも経験してると思うけど？」

「正直言って、あなたの経歴がよくわからない。子供の頃から金に不自由ない生活かと思っていたが、そうでもないようだし」

手際よく野菜を洗い、包丁をふるう私の手元を、彼は面白そうに見ていた。

「簡単だよ。母親は金持ちの娘だが、私は普通の家に生まれた。両親が亡くなって苦労はしたが、今は成功して会社の社長だ」

「金持ちの伯父が引き取ってくれたから？」

「不正解。親の保険金が入ったから、だ」

「だが…」

「伯父が私に声をかけてくれたのは、両親が亡くなって二年後だ。その間伊沢さん、…今回の君達のクライアントが保証人になってくれたりはしたけれど、基本的には誰からも金銭は受け取っていない」

説明が不満だったのか、彼は口をへの字に曲げた。

「伊沢氏は神谷の重役だろう？　何故二年間のブランクが？」

「秘密、と言ってもいいんだけど。西岡がだんだん親しい口をきいてくれるようになってきたから、教えてあげるよ。お祖父《じい》さんが生きてたからだ」

一緒にいるのなら、他人じゃない方がいい。

「祖父は母が駆け落ちしたのを許さなかった。だから生きてる間は神谷の家に入れなかった。亡くなって初めて、伯父は私をあの家に呼んでくれた」

「それは…」

会話をするなら、親しい方がいい。

「そのことを恨んではいない。母を可愛がっていたからこその怒りだったんだろう。ただ生きてるうちに会いたかった」

神谷の家に迎えられた時、親戚の家だというのに、みんなが余所余所しかったのを覚えている。

学生時代に招いてもらった友人の『親戚の家』とは全然違っていた。

そこでは高校生の友人を『ちゃん』づけで呼んでいたのに、自分は『平泉の初美さん』と呼ばれた。

そこで自分はこの家にとって他人なのだと知ったのだ。

だから、『家』で『他人行儀』にされるのは好きじゃない。

「お披露目のパーティは、親戚に認めさせたかったからか」

「そう。私は平泉初美だが、母は神谷の娘だったと。でもそんなのは一回やれば十分。その後は親が遺した金で自分で会社を立ち上げ、この歳にしては十二分の生活を楽しんでる。ああ、悪いけどそこから皿を出してくれる？」

「これか？」

「そう。その青い縁のヤツ」

出来上がったパスタを皿に盛り、ダイニングのテーブルに並べる。それに淹れたてのコーヒーも添えた。

一人でいる時はリビングのテーブルばかりを使っていたので、こっちで食事をするというのも奇妙な気がした。

「いい匂いだ」

「コンビニのおにぎりよりはいいと思うよ。あなたが一緒に食べるなら、これからは毎日食事を作ってもいい。誰かと食事をするのは楽しいから」

彼はパスタを口に入れると、驚きの声を上げた。

「美味い」

「それはどうも」

美味《おい》しいと言ったのに、彼はフォークを置いてこちらを見た。

強い眼差しに一瞬ドキリとする。

「…あんたは、俺の想像していたのとは違う人間のようだな」

静かな口調がむず痒《がゆ》くて、笑い飛ばす。

「素敵なマンションと一緒だね。どんな人物だと思ってたか当ててみようか？　うるさく言う親もおらず、親戚の金でのうのうと一人暮らし。適当に遊んで暮らしてるバカ息子」

「それは初対面の時だな。本社からあんたの身上調査が上がってきてからは、ないがしろにされた両親のことで実家を恨み、金を引き出して憂さを晴らしているバカ息子だと思っていた」

「どっちにしてもバカ息子か」

「だがそうじゃないようだ。悲しんだり、恨んだりしてるようには見えない」

「いいや、悲しみも恨みも持ってるよ。捨てたり忘れたりはしない。絶対に。ただ、それに捉《とら》われてても人生楽しくない。過ぎたことは過ぎたこと、だ。昨日は昨日、今日は今日で生きる方がいい。明日はもっと楽しみたい。苦しみを引きずって生きるくらいなら、恥をかいてでも『今』頑張るタイプなのさ。そして頑張れば、全てを抱えても笑って生きていける」

いけないいな。

喋り過ぎだ。

「苦労しただろう？」

もっと軽い人間だと思ってもらわなくちゃならないのに。

「その時には多分。ただ私は楽観主義なんだ。何とかなるさが性分でね」

「今の状況も何とかなる、と？」

「なるでしょ。神谷の伯父もきっと元気になる。私はあの家に興味はないし、親戚一同もそれを納得する日は来る。神谷グループは安泰で、全てはきっと丸く収まるよ」

「根拠は？」

彼の問いに、私はにっこりと笑った。

「だから私は楽観的なんだって。根拠はないよ」

食事を終えると、さすがに自分も二度寝をする気にはならなかったので、彼に断ってシャワーを浴びた。

出て来た時には既に西岡は戦闘態勢というか、厳しいガードの顔で窓の外の様子を窺《うかが》っていた。

狙撃者が現れるわけでもないだろうと苦笑したが、視線が下を向いていたので、車の確認をしているのだとわかった。

シンクに浸けておいた食器は綺麗に洗われていて、彼が自分を見直してくれたように、こっちも彼を見直してしまう。

無愛想な堅物人間かと思ったが、なかなかどうして。

ベッドルームに戻り、スーツに着替え、彼に聞かれたくない電話をかける。

相手も少し眠そうな声で応答したが、望む答えを持っていた。

「明日は明日の風が吹く。だがそれをいい風にするための努力は惜しまないってね」

準備万端整えると、私は部屋から出て西岡に声をかけた。

「そろそろ会社に行くけど、いいかな?」

「お好きに。ガード対象者の行動を制限しないのがプロだろう?」

彼を気に入るのはまずいと思いつつ、その返事に笑みが零《こぼ》れた。

「カバンは持たない主義だけど、今度からカバンを持つようにするよ。カッコイイカバン持ちのために」

彼を気に入ってはいけない。

そしてなるべく、彼に好かれないようにしないと。

私は彼を裏切ると決まっているのだから。

その日は、西岡達にとって仕事のしやすい一日だっただろう。

前日撮りためた写真のファイルを頼んだ後は、ビデオ・カンファレンスでアメリカ本社との話し合い。

それが終わると、上がってきた企画書に目を通し、ゲームマスターとしてゲーム内をちょっとパトロールするという内勤ばかりだったから。

「平泉くん、またカッコイイの雇ったね」

出入りのプログラマーが西岡を見て口笛を鳴らしたから、ついイタズラ心で。

「彼、こう見えてもマニアなんですよ」

と紹介してみた。

「へえ、今時のオタクはリアルでもカッコいいんだねぇ」

と言われ、少しは戸惑うかと思ったのに、西岡はけろりとした顔で「はい」と答えていた。

「リアルをおろそかにしないタイプなんです」

彼は本当に肝が据わっている。

遅い夕食を店屋物で済ませ、ネット配信のニュース番組を作るため、ゲーム内のリサーチをし、それを纏《まと》めて担当者に渡す。

それが終わってから、やっと自分のデスクで社員の上げてきた報告書に目を通した。

西岡は頭がいい。

仕事をしている最中には私語はなかったのに、こちらが一息ついてるこの時に声をかけてくるのだから。

「ゲームと言うより、一つの世界だな」

作業フロアはそれぞれのデスクが簡単に囲まれているだけで全員でワンフロアを共有していた。

仮眠室とビデオ・カンファレンス用の会議室は別室だが、社長室というものもなく、パーテーションで区切られているのは応接室だけ。

「まあね。実際そういうのもある。自分の分身をヴァーチャル世界で生活させるだけ、というヤツ」

周囲には新しいアルバイトだと説明して社内に置いているから、西岡にも私の隣にデスクを与えていた。その隣からの声に、視線を向ける。

「それで何が楽しいんだ?」

「自分じゃない自分になれる。たとえば女の子が男の子に、またはその逆に。人間じゃないものにもなれる」

「だが現実では自分は自分だろう?」

彼らしい言葉だ。

いや、まだ『彼らしい』なんて言い切れるほどの親しさではないか。

彼のこの誠実さと真面目さは『仕事』だからで、プライベートでは全く違う人物かもしれない。

「それはわかってて、遊びでやるのが主流だ。だが、誰もが現実の自分を好きとは限らないんだよ。本当の自分はこうじゃないって思ってやる人もいる」

「平泉さんは？」

二人きりの時には『あんた』と呼ぶようになったのに、会社ではまた『平泉さん』に戻すのも、彼の頭のいい証拠だ。

いや、この付き合いが仕事であるが故《ゆえ》のスイッチか？

「私？　私は自分が大好き。ハンサムで金持ちで、スマートだろ？」

傍らで聞いていた内村《うちむら》がポソッと茶々を入れる。

「厭味なほどですよね」

もちろん、笑いながらだが。

「そう。人に羨《うらや》ましがられる自分も嫌いじゃない。優秀さを満喫できるから」

「蔑《さげす》まれたら？」

西岡の言葉に、私は肩を竦《すく》めた。

「自分に思い当たる理由がなければ気にしない。言ってるヤツが言うだけ言ったら満足するだろう」

「だめだよ、西岡さん。平泉さんは究極のポジティヴ・シンキングの人だから」

「そ、私は素敵なナイロンザイルの神経でできてるんだ」

内村の言葉を受けてそう答える私に、西岡が意地悪そうに付け加えた。

「ナイロンザイルは熱に弱いですよ」

「かもね。誰かに熱くさせられたら、コロリといくタイプかも」

「自分からは熱くならないんですか？」

「ああ、なるかもね。情熱的な恋には憧《あこが》れがある」

「平泉さんは何でも手に入るから、欲がないんですよ。西岡さんもそのタイプでしょ。俺等なんか、誰でもいいからって思う時ありますもん」

「志が低いよ、内村。手に入れるなら最上級じゃないと」

「えー、えー、アナタならできるでしょうよ」

「そうとも限らないさ。人には好みってものがある。なあ、西岡？」

西岡は表情を崩さず頷いた。

「ですね。中身も重要だ」

「それは顔に余裕がある人間のセリフですよ。全く、いやんなるなぁ、イケメン二人と仕事ってのは」

「平泉さんは中身もいいから、俺よりモテるでしょうね」

愚痴る内村には聞こえないくらいの小声で囁《ささや》かれて、その低い声に少し照れる。

社内の人間は私が金持ちの縁者だということを知らなかった。だからそれに対する考え方も知らない。

けれどこの男は、つい自分が喋り過ぎてしまったから、こちらの本音を少しは知っているのだ。その西岡にそう言われると、まるで口説かれてる気分だった。

…男同士なのに。

「内村はもう少し痩《や》せるべきだね。私、脱いだらすごいんですってのは受けると思うよ」

「ジム行ったら翌日休みますよ、俺」

「それは困る。じゃ、ゲーム内のキャラを磨いてもらおうか」

「俺もこれでも自分大好きなんで結構です」

会話は笑いで終わり、西岡の口を塞ぐために簡単な事務仕事を回した。

「はい、これを時系列順に並べといてね、アルバイトくん」

「わかりました」

結局、その日は何事もなく帰路につき、一日を終えた。

遅くに戻ってそれぞれの部屋に籠《こ》もり、それぞれが相手に教えられない仕事を続け、翌日にはまた一緒に朝食を摂って会社に向かう。

二人きりの時には少しずつ柔らかくなる態度に、心を許さないように注意しないといけないぐらい、彼は自分にとって心地よい人間だった。

頭のいい人間は好き。

自分を見てくれる人も好き。

西岡はその条件に当てはまっていたから。

だが忘れてはいけない。

自分には秘密があり、彼は仕事でここにいるのだ。

それが二人の間の距離を、上手《うま》い具合にコントロールしていた。

翌日も、またその翌日も。

特に何かが起こるようなこともなく、私は仕事に勤しみ、西岡も変わりなくガードで、アルバイトで、悪くない同居人であり続けた。

このまま、もう暫く親戚連中がおとなしくしててくれれば、ガードの必要性がないともう一度伊沢のおじさんに進言できるかもしれない。

少し気に入ってきた西岡と別れるのは寂しいが、自分のやるべきことをするためにはその方がいい。

そう思っていたのに…。

予定は未定にして決定に非ず、だ。

おとなしく番犬が外れるのを待つ前に、自分にはすることができてしまった。

西岡にお休みを言ってベッドルームに籠もった後、携帯にかかって来た電話。

相手が誰だかわかった瞬間、心が騒いだ。

『会いたいです』

待っていた人物からのコール。

『ちゃんと顔を見て話がしたいんです…』

切なげな震える声に心が揺れた。

ドアの向こうには西岡がいるのに、すぐに答えてしまった。

「わかった、絶対に行く。だから待っててくれ」

誰にも知られず会いたい人なのに、西岡を騙《だま》すことになるとわかっていたのに。そう言わずにはいられなかった。

「私も、ずっと会いたかったんだ」

それが何より優先させたい、自分の本当の気持ちだったから。


朝食の席で、西岡の顔をじっと見ていた。

彼の顔を見るのはこれで最後になるかもしれないと思っていたから。

「何?」

「いや、ハンサムだなぁと。きっと相手に不自由しないんだろうな」

もしも彼の穏やかになってきた態度が、ガード対象者の機嫌を取るためではなく、自分を気に入ってくれているのだとしても、これから自分がすることで、その気持ちは消えてしまうだろう。

ひょっとしなくても、ガードを交替させてくれと言ってくるかもしれない。

「そちらも同じでしょう」

「うん。誰でもいいならね」

そうしたら、この顔はもう見られなくなってしまう。

「誰か特定の相手を選ぶにしても、反応は悪くないんじゃないか?」

「西岡も?」

「俺には決まった相手はいない」

「ふぅん、モテそうなのに」

「こうして仕事に入ればシャットアウトだからな。多少付き合った人間はいたが、大抵ダメになる」

「ああ、なるほど」

『こうして仕事に』という言葉に、何故か微かな引っ掛かりを感じた。

いや、何故かじゃないな。

やっぱりこの親しさは仕事なのかという残念な気持ちが湧《わ》いたのだ。

彼が、普通に同居人だったらよかったのに。

自分の事情を知っても、損得勘定を始めず、顔や身なりでこちらを判断もせず。仕事の関係者でもないからそういう話題で突っ込まれることもない。

彼と食卓を囲んでしまってから、自分がこういうことをしたかったのだと気づかされて、これを失うのは寂しいなと思わされる。

けれどまあ仕方ないか。

出会って、楽しい時間ができたことだけでもよしとしよう。

自分のしたいことが全部やり終えたら、それはそれで違う楽しみが待っている。

くよくよと考えるのは性に合わない。自分が知り合うはずもなかった部類の人間と知り合って、楽しかったでいいじゃないか。

「そうそう。カバン持つことにしたんだ。今日からこれ持ってくれる?」

食事を終えると、私はスチールのブリーフケースを取り出して西岡に渡した。

「ん、これでやっと立派なカバン持ちだ」

「中身は?」

「パソコン。取り扱いには注意してね」

「普段は持ち歩いていないようだが?」

「行く先々に置いてあるからね。でも以前からフィールドワークの時には持ち歩いてたんだよ」

「フィールドワークってことは今日は外に?」

「うん」

「どこへ?」

すっ、と西岡の纏う空気が変わる。

「神谷の本社」

「今は…」

「嘘。そんなとこ行くのにパソコン持ってったってしょうがないだろう。今日はマップ取りさ。実際の街を歩いて、ゲーム内の新しいフィールドの参考にする」

「目的地は？」

「ないよ。ただ歩くだけ。風の向くまま、気の向くままさ」

彼は自分の嘘を見破れるだろうか？

見破って欲しい気持ちがないとは言わないが、そんなことはあり得ないだろう。

彼は何も知らない。知っているのは私が自ら教えた僅《わず》かなことだけだ。

「さ、じゃあ出掛けようか」

松尾と西岡の連絡は、携帯で行われていた。

それは確認済みだ。

松尾は車に乗っているだろう。そして西岡は足も動きも速くリーチも長い。頭もよくて、察しも速い。

この彼等を撒《ま》くのは至難の業だろう。

けれど、自分も頭は悪い方ではない。

特に、電子機器の扱いは彼等より上かもしれない。そこがたった一つの狙い目だ。

まず最初に、車ではなく電車で、都心に向かった。

そこでこの間と同じように、さまざまな店に立ち寄り、そこからまた電車に乗って他の場所へ。ぐるぐると行くあてもなく彷徨《さまよ》っているふうを装い、自分の狙った場所へ彼等を誘導する。

最近は地下鉄でも携帯が使えるから、都心で携帯の電波が届かない場所を探すのは難しいことだった。

けれど、携帯の電波をジャミングさせる道具は簡単に手に入る。タイマーをかけたその装置は、ブリーフケースの中にあった。その一方、カバンを持たせたのは、彼の腕を封じるためでもある。

「歩くだけでも結構な運動になるだろう」

と、何も知らず言う彼の言葉に、胸が痛んだ。

「だから太らないんだよ」

嘯《うそぶ》いて彼の前を歩きながら、少しずつ車の通れない細い路地のある場所へ向かう。これで松尾はどこかへ車を停めてこちらの移動を待つか、降りて歩くことになるだろう。

「こういうところは久々」

と言いながら西岡をもっと奥へと誘い込む。

目的地にあまり近づくのは得策ではないが、彼等が自分を見つける力があるかどうかは謎なので、どれだけ一人でいられるか予測ができない。

一時間、今日はそれでいいだろう。

「ちょっとお茶でもしようか」

予《あらかじ》め調べておいた喫茶店に入り。

「トイレに行って来る」

という古典的な方法で席を立つ。

この店は、鉄アレイのような形で、雰囲気の違うフロアが通路で繋《つな》がれていて、二本の道路の真ん中を貫いてくように、それぞれに出入り口がある。何も知らなければ細い通路の奥は行き止まりだと思うだろう。

しつこい彼女から逃げるために、というサイトで見つけたのだ。

西岡も、さすがにトイレまで追いかけて来ることはなく、視線は感じたが、そのまま座った席から動かなかった。

通路を抜け、食事がメインの落ち着いた雰囲気の方の店から出ると、頭の中に叩《たた》き込んだ地図通りに走り、大通りへ出た。

タクシーを拾い、行き先を告げ、周囲に追って来る者がないかどうかを確認する。

見たところ、その心配はなさそうだった。

五分、持つだろうか？

それとも、もう気づいただろうか。

西岡はすぐに携帯を取り出し、松尾に連絡するだろう。

だが携帯は繋《つな》がらない。

その理由もわからない。

店を出て、松尾の車を自分の目で捜し、駆け寄って『逃げられた』と報告する。

彼等にとって、私の逃亡劇はあり得ないことだった。

ガードを付けることは望まないと言いつつも、今日までずっとおとなしく彼等の望む通りにしてきたのだから。

しかも、こちらは危害を受ける方。

警護を引きはがす必要などない。

「西岡、結構気に入ってたんだよなぁ」

彼のあの端整な顔が怒りに歪《ゆが》むのを想像して、少し悲しかった。

あの顔が、自分から背けられるであろうことが、とても寂しかった。

自由な時間は、三時間あった。

もしそこへ向かわなければ、もう少し自由でいられたかもしれない。

「平泉っ！」

突然名前を呼ばれ、背後からがっしりと腕を掴《つか》まれる。

「やあ、西岡」

声でわかったから、その名を呼んで振り向くと、彼は聞こえよがしに舌打ちをした。

わかっていた結果とはいえ、辛《つら》いな。

「松尾さん、見つけました」

痛むほど強い力で腕を掴んだまま、彼がインカムに向かって声をかける。

「ええ、無事です。一人です。今から連れて戻ります」

「待ってくれ、もう一カ所行きたい場所が…」

会話に口を挟むと、ジロリと睨《にら》みつけられた。

「どこへ行こうって言うんだ」

怒ってる声。

「すぐそこ」

こちらが笑みを浮かべると、更に目が吊《つ》り上がる。

「バカか、お前は！　こんな時にこんなところへ来てどうする。さっさと戻るんだ！」

彼の怒りは無理もないことだった。

何せここは神谷の伯父が入院している病院のすぐそばなのだ。

恐らく、例の親戚連中が手ぐすね引いて待ってるだろう。

「甥が伯父の見舞いに来たんだ、問題はないだろう？」

「本気でそう思ってるのか？」

「思っちゃいけな…」

反論している途中で、西岡は俺を抱き締めた。

目の前が彼の肩で塞がれ、背中に強い腕を感じる。

いや、正確には、抱き締めるようにして近くの建物の中へ飛び込んだ。

さっきまで自分達が立っていた場所を黒い車が走り抜けてゆく。

「松尾さん。今そっちへ行く車のナンバーチェックしてください。黒のセダンです」

病院の裏手の細い路地だった。

ほとんどが、入院患者の見舞い客か、外来で訪れる、つまり病院に用事のない人間は通らな

いような道だった。

だから自分は簡単に捕まってしまったのだ。

その道をあのスピードで走る者がいるとは、普通なら思えなかった。

「…驚いた」

「少しは自分が狙われてる自覚が出たか」

違う。

驚いたのはそんなことじゃない。

自分の身元がバレるかもしれないような車で襲って来るとは思わなかったが、彼等が自分を排除したがることぐらいは想像の内だった。

自分が驚いたのは、西岡に抱きかかえられた時、胸が痛むほど苦しくなったことだ。

「ぼーっとしてないで、この場から離れるぞ」

「でも…」

「来い」

有無を言わさず、西岡は私の手を取った。

行きたい場所は目の前にあったのに、もう彼の腕から逃れることができない。

それは彼の力が強いというだけのことでないのは、わかっていた。

「乗れ」

押し込められる車。

中に松尾はいなかった。

「これ、西岡の車?」

「そうだ。少し黙ってろ」

彼は耳に付けていたインカムを外し、車をスタートさせた。

夕暮れに、建物の影が浮かぶ。

不安定な景色。

不安定な心。

こちらをチラリとも向こうとしない西岡の横顔を見つめ、心の中で苦笑する。

参ったな…。

これは想像以上にマズイことになりそうだと。

こんなはずじゃなかったのに、と…。

無言のままマンションへ連れ戻され、押し込められるように部屋にほうり込まれた。

彼のクライアントは伊沢《いざわ》のおじさん。私は単なるガード対象者で、身の危険さえカバーできればいいだけだと思われてるのかもしれないが、その態度からは西岡《にしおか》自身の怒りがかいま見えるような気がした。

明かりを点《つ》けたリビング。

「松尾《まつお》さん？　到着しました。ええ、そうです」

私に言葉をかけるより先に、携帯を取り出し同僚に連絡を入れる。

「わかってます。明日の朝までは一歩も出しません」

と言ってる西岡から離れようとした途端、また腕を摑《つか》まれる。

どこへ行く、という視線を向けられるから、おとなしくその手に繋がれた。

「ええ。それも言ってきかせます。はい、では」

電話を切ると、その言葉がやっとこちらへ向けられた。

「一体何を考えてるんだ！」

抑えてはいるが、元が低い、いい声をしているから強く響く。

「ちょっと一人になりたかっただけだよ」

「自分の立場はわかってるだろう」

「別に問題は…」

「ない、と言えないのはさっきのことでわかっただろう。お前がどんな気持ちでいようと、向こうは本気だ」

だろうな。

以前、家に上がり込まれた時には、はっきりと、邪魔だからいっそ親と一緒に死んでくれればよかったのにと言われたのだから。

「何故《なぜ》我々を撒いた」

「撒いたなんて大袈裟《おおげさ》な」

「大袈裟じゃないだろう。わざわざあんな場所へ誘い込んで、あの店を選んだんじゃないのか？　偶然入ったら、あんな構造の店でしたとでも言うか？　俺に持たせたカバンの中に、携帯電話妨害機《ジャマー》が入ってたのを忘れてました、と？」

西岡を欺くのは難しい。

特にそこまで尻尾《しっぽ》を掴まれていては。

「手を、離してくれ」

「逃げるかもしれないからな」

「逃げないよ。約束する」

「お前の約束を信用しろと？　こんな仕打ちをされて」

彼との関係は楽しいものだった。

だがその言葉が示す通り、もうあの関係は戻らない。

「仕方ない」

壊れるなら、それも仕方ない。

「仕方ない？」

この気持ちの痛みも、自分が招いた結果だ。

「私はね、恋人に会いに行ったんだ」

その理由に気づいても、優先順位は先に決めてしまっていた。

西岡は『彼』の次なのだ。

「恋人に会いに行くぐらいなら、別に言っていけばいいだろう」

「君を連れて行くわけにはいかない相手だったんだ」

「どういうことだ？」

「相手が、男だってことだ」

西岡の片眉がピクリと動く。

「西岡みたいなハンサムをべったりくっつけたままじゃ、誤解される」

何をしても会いたいと思う人物がいた、それは白状する。そのせいで君に嫌われたとしても。

「三時間の逢瀬《おうせ》で満喫できたのか」

「まさか。そんなに早くないよ。だから近々また一人にさせてもらいたいな。今度はゆっくりするべきことをしたいから」

「冗談じゃない」

「そう、冗談じゃない、本気だよ。わかってくれるだろう？　男なら誰だって我慢できない衝動があるって」

「…それならその衝動を何とかすれば、もう抜け出したりしないんだな」

「だからもう一度私を自由に…」

摑まれている腕に再び力が入る。

「来い」

彼は私の腕を離さないまま、奥の、寝室へ向かった。

ここが寝室であることは最初の日に教えたが、彼が入るのは初めての場所だ。

だが臆することなく足を踏み入れると、彼はベッドへ私を投げた。

「何するんだ」

「そんなくだらない理由で撒かれちゃ困るということだ」

「くだらなくなんか」

「命を狙《ねら》われるという意味がわからないのか。それほど能天気なオツムなのか?」

「身元がバレるような車で殺人は行わないだろ」

「身元がバレてもいいから、取り敢《あ》えずお前を殺したいと思ってるのがわからないか。金を積めば犯人はデッチあげられる。車は盗まれたことにすればいい。車の持ち主がわかっても、犯人は自由だ」

「西岡」

「こっちはお前の命を守るために必死なんだ。何とかなるの楽観主義も時と場合によるというのがわからないのか」

ベッドの端に西岡の膝《ひざ》が乗り、わずかにマットが傾《かし》ぐ。

ほうり込まれたベッドルームは明かりがなく、彼の背後のドアから差し込んで来るリビングの明かりと、カーテン越しの暗いオレンジの末期の夕日だけが部屋を照らしていた。

「西岡?」

「安心しろ。スッキリさせるだけで終わってやる」

その言葉を聞いても、堅物だと思っていた番犬が何をするか、頭の中で結びつくことがなかった。

ただ何となく気圧《けお》されてベッドの上を後じさると、手が足首を摑んで引き戻した。

「西岡…！」

番犬が、牙《きば》を剝《む》く。

「逃げたらシてやれないだろう」

私は彼の飼い主ではないから、彼に『待て』と命令することができない。

「女の代わりはできないが、男の身代わりなら俺で十分だろう？」

もう一度足首だけで引き寄せられ、抗《あらが》うようにシーツを摑んだ手が、そこに波を作る。

「おとなしくしてろ」

手が、自分の股間《こかん》に伸びて来るのを、ばかみたいに見ていた。

触れられた感触が伝わるまで、彼がそんなことをするとは思えなかったから。

だがその間が、手遅れになった。

「止せ…っ！」

顔を背け、彼を押し戻そうと伸ばした手が摑まれ組み敷かれる。

しかも両方の手首をあっという間に一つに纏《まと》められ、片手で押さえ込まれた。

こういう意味で、彼はプロなのだ。

「私は貞淑なんだ」

「だからボンクまではしない。満足できるならオーラルだけだ」

ボンク？

ボンクって軽く叩《たた》くって意味と…。

「男を相手にしてるなら、慣れたものだろう？」

…性交する？

「ちょ…っ…！」

理解が脳に達する前に、彼の手が私のネクタイを緩め、前をはだけさせた。

開かれてしまったズボンの前に、彼の顔が近づく。

「ちょっと待って…！」

と叫んだのに、やっぱりその言葉は『待て』にはならなかった。

「あ…」

下着の上から歯を立てずに噛《か》まれ、ゾクリとした感覚が背筋を走る。

「吐《は》かせてこなかっただけあって、元気だな」

揶揄《やゆ》する言葉に顔が熱くなる。

「やめ…」

その刺激を与えているのが、西岡だというだけで身体から力が抜けた。

抵抗をしないということがどういう意味に取られるかわかっていても、抗えない。

口だけで下着を引き下ろされ、敏感な部分に舌が触れる。

「うそ…っ」

真面目で堅物そうな男だと思っていた。

無愛想で、時折見える穏やかさが誠実なのだろうと。

だがやはり自分は彼の本性を見せてもらってはいなかったのだ。

「ん…」

比べるものはないが、彼の舌使いは決して下手《へた》なものではないと、己の身体が証明していた。

感じる。

快感に溺《おぼ》れそうだ。

「や…」

自分のモノの形を、他人の舌に教えられる。

羞恥《しゅうち》に身体が熱くなり、その熱が別のものに取って替わられる。

ごまかしようもないほど硬くなった場所に、煽《あお》るように彼の歯が当たった。

ワザとだ。

痛みを与えない程度に軽く噛んで、更なる熱を引き出してるのだ。

手は自由になった。

けれど逃げられない。

指は手首の代わりにそこを摑み、ゆっくりと扱《しご》き上げる。

「ん…っ」

彼にとって、この行為はどういう意味なのだろう。

怒りの矛先?

ストレスの捌け口?

単なる性処理?

仕事の一環?

どれだったら、納得できるだろう。

「ふ…っ、あ…。も…」

どれにしても、それは自分に向けられたものではない。彼が、彼の感情や目的のために行っていることだ。

それなのに感じてしまう自分の未熟さが恨めしい。

「やめろ…、出る…っ」

「早いな」

「西岡が上手《うま》過ぎる…だ…」

「褒め言葉だな。いいぜ、このまま出しても」

「ばか…っ！　そんなことできるか…、ん…っ」

経験値が違う。

彼は男性の経験があって、これが初めてではないに違いない。さもなければ男のモノなんか簡単に咥《くわ》えられるわけがない。

「頼むから…、離れて…」

「仕方ないな」

生ぬるく自分を包んでいた舌が離れ、指が解かれる。

絶頂の寸前で放り出される形になり、腰が疼《うず》く。

口に出すわけにはいかなかったが、ここで止められるのも辛《つら》かった。

まさか後は自分でしろと言うんじゃないだろうな。西岡はまだそこにいるというのに。

「もういい、向こうへ…行っててくれ」

「安心しろ。ちゃんと最後までしてやる」

「…西岡」

途中まで下ろされていたズボンと下着が引き抜かれ、下半身が露《あらわ》になる。

隠そうとして身体を捻《ひね》り、手で前を覆う。

西岡はジャケットすら脱がぬまま、私の隣に身体を横たえ、背後から抱くようにして胸を探った。

「私は女じゃないぞ…」

「わかってるさ。今ペニスを咥えたばかりだ」

露骨な単語に顔が赤くなる。

ドアからの明かりが顔まで届いていなくてよかった。窓の外はもうすっかり暗くなっていたから、染まった頬《ほお》には気づかないでいてくれただろう。

「もういいって…」

胸を弄《いじ》る指先が、嬲《なぶ》るように突起を弾く。

女ではないと言ったのは自分なのに、女のようにそれだけでゾクゾクする。

首筋から耳に這《は》う舌。

「手を離せ、よくしてやるから」

囁《ささや》く低い声に魅了される。

「二度と人を出し抜いて姿を消す必要なんてないくらい、可愛がってやる」

悪い囁きだった。

とてもボディガードが吐くようなセリフではない。

彼の言うことを聞く必要はなく、性的な満足が欲しいとも思っていなかった。さっきまでは…。

「挿入《い》れないなら…、楽しませてくれ…」

と言ったのは、なけなしのプライドだろう。

一方的に蹂躙《じゅうりん》されるくらいなら、せめてこの時間をも望んで楽しんだ時間に変えてしまいたい。

「…手をどけろ」

命令となった言葉に従って、ゆるゆると手を退け、シーツを握り締めた。

無防備な下半身に手が伸び、絶頂近かった場所を根元から強く握られる。

「…ッ」

イきたいと思っていたのに、締め付けられて震える身体で強《し》いられる我慢。

「じっとしてろ」

「シーツを…、汚したくない…」

「いいだろう。そのくらいの望みなら叶《かな》えてやる」

西岡に、翻弄《ほんろう》されていた。

彼にいいようにされてしまうことに、酔っていた。

手が再び離れ、軽く背中を押されて俯《うつぶ》せにさせられる。

ハンカチらしい布が露を零《こぼ》し始めた箇所に包むように当てられ、その上からもう一度強く摑まれる。

剝き出しの尻《しり》に指が這い、割れ目を辿《たど》るように奥へ滑る。

「挿入れるのは…！」

「挿入れない」

と言いながら、指は襞《ひだ》を探り、内側に爪の先だけが入り込もうと試みる。

それだけでも、硬く閉じた瞼《まぶた》の裏側にチカチカと星が散った。

「ん…っ」

鼻にかかる甘い声。

「西岡…っ」

堪らなくなって呼ぶ名前。

「…わかってる」

抑揚のない、静かな声の響きが、切ない気持ちにさせる。

「あ…、や…っ。…ぁ」

限界だった。

僅《わず》かに差し込まれた指が入口の辺りをかき回し、布で包まれた前を揉《も》みしだかれると、声を上げてシーツにしがみつき、全身を震わせて射精した。

「あ…ぁ…！」

残滓《ざんし》の痙攣《けいれん》と、包まれた布に広がってゆく自分の露の、濡《ぬ》れた感覚。

その余韻も消えぬ間に、指は引き抜かれ、密着していた身体が離れる。

「これで暫くは外に出なくて済むだろう」

冷ややかにも聞こえる声だけが耳に残る。

「明日からは外出禁止だ」

ベッドから降りてゆく気配に薄く目を開く。

だが彼の姿を視界に捉えることはできなかった。

西岡はそのまま部屋を出て、ドアを閉めて出て行ってしまったから。

暗い部屋。

まだ快感の名残《なごり》に乱れている自分の呼吸。

結局最後まで、彼は自分の欲望を表には出さなかった。私の身体など一かけらも欲しがらなかった。

当然だろう、これは愛し合って行われた性行為じゃない。いわばお仕置きや罰のようなものだ。

彼が私を抱きたいと思ってしたことではない。

抱かれたのではない。触れられてイかされただけ。

無様なことに、それでも私は悦《よろこ》びを満喫していた。あの西岡が触れたと思うだけで、肌に残るその手の感触に、身体の疼きが散らなかった。

その疼きが、自分が彼に求めていたものを強く思い知らせる。

西岡に求められたかった。

彼の体温を直《じか》に感じたかった。

彼を裏切る道を選択しなければよかった、と。


息を整え、身体が完全に治まってから、部屋を出てバスルームへと向かった。

リビングには西岡の姿はなかったが、彼に与えた部屋からは微《かす》かな声が聞こえていた。何を話しているのかまではわからなかったが。

バスルームのドアを開けた時、いきなりその部屋の扉が開いたが、入れ違いに中へ入ってしまったので、その顔を見ることはなかった。

きっと、物音を聞いて私がこっそり出て行くのを警戒したのだろう。

身体を洗い流し、出て来た時にも彼の姿はなく、今度は部屋から出て来る気配もなかった。

夕食はまだだったが、食べる気が起きるはずもない。

行為の最中ずっと緊張して力を入れていたせいか、酷く疲れた気がして、すぐにベッドに横になった。

悲しみと悦びが全身を包む。

どちらも、自分の本音の感想だ。

彼に、心なく性処理されたことは悲しかった。

だが、西岡とそういう行為を共有できたというのは悦びだった。

どちらも嘘ではない。

明日の朝、ガードの交替を持ち出されたとしても、覚悟しよう。心惹《こころひ》かれ始めた男に、初めての快感を与えてもらったことをよい思い出とすればいい。

自分は『それ』を約束した。

あの人に対する愛情があったから、西岡を裏切ったのだ。

西岡に愛情を抱いたとしても、両想いではないのなら、彼とのことを優先させることはできない。

「今『好きだ』と言ってもフタマタと思われるだろうな」

滑稽《こっけい》な話だ。

すべてはタイミングの問題と言うべきか。

もしも、何よりも先に西岡に会っていれば…。

いや、それでは西岡と会うきっかけはなかった。

こうなることは必然だったのだ。ドミノは並べた順番にしか倒れていかない。そして彼の順番はここでしかなかった。

過ぎたことを悔やむより、明日のことを考えた方がいいだろう。

もしも、目覚めて彼がいなかったとしても、それはそれ。いつかまた、を考えればいいこと。

そう思っていたのに、微かな自己嫌悪を抱いて目を覚ました翌日、リビングへ出ると、そこにはタバコをふかした西岡の姿があった。

「…おはよう」

ばつは悪いが、そこに彼がいるなら声をかけずにいられなくて、交わす挨拶《あいさつ》の言葉。

「今日は遅いな」

彼の方も、まるで昨夜のことなどなかったかのように返事をかえす。

「疲れたから」

「逃げ回ったせいだろう」

そうじゃないのはわかっているだろうに、彼はそう言った。つまり、昨夜のことはなかったことに、ってワケか。

怒った様子はない、呆《あき》れた様子もない。

これはどういうことかと思っていると、使い方を覚えたコーヒーメーカーで淹《い》れたコーヒーを差し出し、彼はそこへ座れとソファを指さした。

「何？」

熱いカップを受け取り、示された場所、少し間を置いた彼の隣へ腰を下ろす。

「俺は、お前が軽くていい加減な人間のように振る舞っても、本当は違うと思っていた。中身はしっかりした人間だと」

彼の言葉は喜ばしい褒め言葉だった。

だが『思っていた』と過去形にされてるところが辛いな。

「またそんなに堅く考えなくても…」

「だが、昨日の逃亡劇を踏まえて、平泉《ひらいずみ》という人間がもっと陰湿で狡猾《こうかつ》だということがわかった」

「陰湿?」

「他人の恋愛に口を挟むつもりはない、プライベートだからな。一言相談すれば済むことをあんな計画性を持って行方《ゆくえ》をくらますというのは、陰湿だろう。逃亡の仕方は狡猾だったな」

「恋のなせるわざさ」

西岡はじろりとこちらを睨《にら》んだ。

「そっちが我々を信用していないなら、こちらもお前を信用する必要はない。これからは、こちらの思う通りにやらせてもらう」

「それは困る」

「困っても、交渉は受け付けない。俺はお前を信用した。だから好きなところへ行かせてやった。行動の制限もしなかった。だがそれを裏切ったのはお前だ」

その通り。

「そんな相手の望みを叶える必要がある、と?」

胸は痛むが、こっちも負けるわけにはいかない。

「それで言わせてもらうなら。望んでもいないガードに今までおとなしく付き合ってきたんだ。たまに自由を手に入れるくらいはいいだろう」

「その交渉はクライアントとしてくれと言ったはずだ」

「伊沢さんと俺の問題にすげ替えるなよ、目の前にいるのは西岡だろう」

「だったら、お前は俺を裏切った。相談の一つもせずに」

「相談したって、お前は業務に忠実なだけだろう？　私が『恋人に会いに行きます、暫《しばら》く見逃してください』と言ったら、上にそうかけあってくれたのか？」

返事はなかった。

西岡がいかに偉そうに振る舞っても、所詮《しょせん》彼は一介のガードでしかない。そんなこと、できるわけがないのだ。

それがわかっていて投げ付けた、酷《ひど》い言葉だった。彼をやりこめるための。

彼は思った通り口を閉ざし、小さくタメ息をついた。

「いいだろう」

「…え？」

「やりたいことがあるなら、まず俺に言え。勝手に行方をくらまされるくらいなら、俺だけが単独行動で付いて行った方がマシだ」

そんな言葉が返ってくるとは思わなかった。それでは予定と違う。

「かけあってもダメと言われるだろう？」

「かもしれんな。だが言うだけは言ってやる」

…いい男だ。

本当に、仕事だけでなく、彼自身が。

だから、困ってしまう。そんな彼に心惹かれることも、そんな彼を裏切り続けなければならないことも。

「…西岡は、私のガードに残るのか？」

「替わって欲しいのか」

「いや…、西岡が…」

「俺は既に平泉の会社に入ってる。ここで交替したら、俺が辞めてすぐに新しい人間が入ることになるだろう。それは不自然だ。それに、お前のバカさと狡猾さを、引き継ぎに説明するのも面倒だ」

「バカで狡猾…。すごい言い方だな」

「事実だろう。昨日言った通り、これからは本当に二十四時間張り付きだ。トイレに行く時もな。原則、外出も禁止する。お前の仕事を見てたが、敢えてお前が外をふらつく必要はないだろう」

「取材は必要だよ」

「他に代わりができない仕事ではない」

「感覚は私の才能だ」

「それなら、ホモのカップルよろしくべったりくっついて歩いてやる」

その言葉に思わず笑ってしまった。

そんなことを聞くと、出掛けたくなって困ってしまう。

「朝食は？」

「今作るよ」

「作った、食べるなら持って来てやる」

「西岡が？」

「お前ほど美味くはないがな」

謙遜《けんそん》だった。

彼が作ってくれたクロックムッシュは、とても美味かった。

彼にはこんなことにさえ自分など必要ないのだな、と痛感させるほどに。


その後、西岡が昨夜のことに触れることはなかった。

彼にとって大した出来事ではなかったのか、それなりに気まずいのか。それを確かめる術《すべ》もないまま、自分も口にはできない。

口にすれば、聞いてしまう気がしたから。

あれはどういうつもりだった？　と。

だが自分から『楽しませろ』と言ってしまった手前、行為に意味を欲しがるのは矛盾だし、意味がない。

ただ、彼との秘密を一つ手に入れたことを喜ぶだけにしておこう。あんなことを、上に報告できるわけがないから。

言葉通り、西岡はその日からべったりと俺に付き従った。

会社でも、家でも、ちょっとした外食でも、彼は私の右後ろに立ち、何かあればすぐにその手で私を引き寄せた。

仕事も、プログラムの方には関与できなかったが、用語も理解し、事務は何でもこなせるようになっていた。

腹立たしいほど使える男だ。

それでも何とか出し抜こうと、夜中に抜け出してみたが、どういうわけか寝ていると思っていた西岡に玄関先で捕まった。

「今度はどこへ行くつもりだ？」

靴をはいている時に点けられる明かり。

「…コンビニ」

の言い訳が通る程度の軽装にしておいてよかった。

「では一緒に行こう」

彼はそう言ってくっついて来た。

まだ、一人で出掛けたい理由はあるのに、もうそのチャンスは薄かった。

とはいえ、このままおとなしくもしていられない。

「この間の車、誰のものかわかったか？」

「ああ」

「神谷《かみや》の亘《わたる》さん？　英明《ひであき》さん？　それとも幸介《こうすけ》さん？」

伯父の従兄弟《いとこ》三人の名前を出して聞く。

その三人が、自分が外れれば財産を得ることができるトップスリーだから。

「神谷幸介氏の奥方の車だった」

「ああ、あのヒステリーのおばさんかぁ。すぐカッとなるんだよね」

「お前は危機感がないな」

「危機感がないワケじゃない。毎日怯《おび》えて暮らすのが嫌なだけさ」

歩いて五分のコンビニで、買いたくもない雑誌とアイスクリームを買い、部屋へ戻る。

近くの道路には、見慣れぬワンボックスカーが停《と》まっていた。

あれがきっと松尾の車だろう。こっちの警備も強化されてるわけだ。

「以前も家に来られたと言ってたが、その時は何をされた？」

狭いエレベーターの中、ポツンと響く西岡の声。

「何？　突然」

この声もクセものだよな。囁かれると腰に来る。

「リサーチだ。相手の出方を知っておきたい」

「ああ。まあ。色々言われただけ」

「それだけじゃわからんだろう」

ドアを開け、部屋に戻り、買って来たアイスの袋をバリバリと開ける。

「西岡は私のことを色々リサーチしてるんだろうけど、私は西岡のことを何にも知らないんだよ？　それって不公平だと思わない？」

一口食べる？　と差し出したが、手を振って断られた。

「俺のことを知ってどうする」

「どうするってことはないけど、色々知りたいとは思うな。たとえば会社のＭＧＣってのは何の略なのかな、とか。Ｇはガードだろう？」

「違う。Ｇはジーニアスの略だ」

「天才？」

「とも言うが、守護者という意味もある。Ｍは社長の名前、ミラー。Ｃはクラブだ」

ってことは正式名称は『ミラー・ジーニアス・クラブ』か。学習塾みたいだな。

「社長、どこの人？」

「アメリカ人だ」

やっぱりまだアイスは寒かったが、わざわざ買いに行って食べないのも変だから、ソファに足をのせ、膝を抱えて暖を取る。

「ＭＧＣはアメリカに本社がある。活動の拠点も向こうだ。日本ではまだガードに対する制約が色々多くってな、やりづらいところもある」

「電波法とか銃の所持とか？」

「そんなところだ」

本格的な話だ。

「ひょっとして、西岡って向こうの人？」

「いや、日本人だ。向こうでこの仕事にはついたが」

だからセックスではなくボンクと言ったり、朝の作れるご飯がクロックムッシュだったりしたのか。

「銃とか撃ったこと、あるの？」

「ライセンスは持っている。日本では役に立たないが」

「名前は？」

「西岡」

「下の名前、まだ聞いてない」

彼は少し間を置いてからポソリと答えた。

「カイヤ、西岡灰也《かいや》だ」

「いい名前だね」

彼はふん、と鼻を鳴らした。

気に入ってないのか、自慢なのか。

「それじゃ、今度はこっちの質問だ。親戚《しんせき》連中には何をされた？」

「両親が亡くなって、伊沢のおじさんが私を見つけてくれた時、親戚連中が家に来て、両親の位牌《いはい》を投げた。これみよがしに不幸な子供を演じても、神谷の祖父はお前を受け入れないだろう。いっそのこと、お前も死んでいればよかったのに、と言われた」

　さらりと口にした俺の言葉に、彼の方が顔をしかめた。

「私は親戚は欲しかったが、敵は欲しくなかった。いらないものを抱え込むくらいなら、興味は持たない。誤解しないで欲しいが、親戚達のことは嫌いじゃない。彼等が私を見る時に、同じものを狙う敵だと思わなくなれば、それなりの付き合いができると思ってる」

「それは楽観的過ぎるだろう。そんな日が来るとは思えない。お前が神谷から籍を抜かない限り、彼等はお前を敵視することを止めないだろう」

「籍は抜かない。母親を自分の血縁と切り離すのは愚行だ」

「ではどうする？」

　私は食べ終えたアイスの棒を袋に突っ込み、テーブルの上へ置いた。

「…どうにかなるよ」

「どうにかなるじゃないだろう」

「物事はなるようにしかならない。私は起こったことをそのままに受け入れられる人間になりたいんだ」

「向こうが変わるまで待っていても、何もならないぞ」

　少し怒ったように聞こえる声から、彼の心配が見え隠れする。

西岡の言うことはみんな正しいと思うよ。考え方はきっと似ているだろう。

けれど…。

「じゃ、私にどうしろと？　いらないものはいらないと、もう言ってある。彼等はそれを信用しない。それとも、親戚のところに乗り込んでって、欲しくもないものをねだれと？」

「三人の親戚のうち、誰かに保護してもらうとか？」

「残念なことに、なりゆきは見守るけれど、個人的に推薦したいほどの人間はいないんだ。自分に対して害意のある人間を、素晴らしいと褒めることはできないだろ？」

「…平泉は、捕らえ所のない人間だな」

彼の手が伸びて、頭を乱暴に撫《な》でる。

「遊んでいるのかと思えば仕事をしてるし、柔順かと思えば狡猾だし。考えていないようで考えてる。不幸な境遇だと…」

「ああ、それは止めて。私は決して不幸じゃない。両親は亡くなったし、親戚ともあまり折り合いよくいってはいないけれど、健康で、美貌も才能も金も、それなりの地位もある。それを不幸だなんて言わない」

「…悪かった」

「どういたしまして」

彼の目が、ふっと和らいで口元に笑みが浮かぶ。

そういう表情をすると思わなかったから、少しドキリとした。

知らなかった彼を知るのは悪いことではない。知りたいと思っている。けれど胸に切り込んで来るような面を見るのは辛いな。

「あんたは、水のようだ。ああ、名前にも『泉』が入ってたな」

彼に惹かれても、それを認めると色々やりにくくなる。

そうは思っても、大分自分が彼を気に入ってることは認めざるを得ないだろう。

「何故私が水？」

「言っただろう、つかみどころがないって。それにしなやかで、したたかだ。泉というのは言い得てるだろう。コップの中には入りそうもない」

「確かに、この図体じゃね」

「そういう意味じゃないのがわかっててそう切り返すのが、食えないところだ。寒いなら、夜中にアイスを食う時には暖房を入れるか、もう一枚何かを羽織るんだな」

「別に寒くなんか…」

「ソファの上で膝を抱えるのは、寂しがり屋の子供か、寒い時だ。寒くなければ寂しいのかと思うぞ」

指摘されて、足を伸ばす。

抱えていた足と身体の間のぬくぬくは消えてしまったが、何となく寂しい子供扱いされたのが嫌だったのだ。

「寂しかったら、寂しいと言う」

「じゃ、今は?」

「認めるよ、ちょっと寒かった」

「コーヒーでも淹れるか?」

「いや、もう寝るからいい。眠れなくなっても困る」

そう答えると、彼はちょっと待ってろと言って彼の部屋から上着を持って来て私の肩にかけた。

「もう寝ると言ったのに」

「寝る前にもう一つ話があるからだ」

「…それなら温かいコーヒーをもらう」

「強がらないところはいいな、好きだぜ」

その『好き』には特別な意味などないだろうに、胸の奥が疼くような気がした。

二つ上だって?

もっと年上のような気がする。彼はとても大人だ。

彼に何もかも伝えて、頼ってしまいたい、そんな気にさせられた。

現実、そんなことをしたら、彼はすぐに仕事の顔になってキビキビと事務的な処理に走るだろうけれど。

「コーヒーメーカーよりこっちの方が早かったから、インスタントでいいか？　薄く淹れといたぜ」

キッチンに消えた彼が、思ったよりも早く戻ってカップを差し出す。

西岡はもっと中身の色の濃いカップを持っていたが、タバコの方を選んで口に咥《くわ》えた。

コーヒーの味は薄く、いつも飲んでいるのとは違う味だったが、不味《まず》いとは思わなかった。

最近はインスタントの味も悪くないらしい。

「で？　話って？」

「平泉が、分別のある大人だと思うから伝えるが、お前を狙ってると思われる親戚の中で、ケツに火が点いてる人間がいる」

「ケツ…」

「言い方が上品じゃなかったか？」

「いや、そういう話し方のが好きだからいいよ。きっと、西岡は普段そんな話し方なんだろう」

「そうだな、あまり上品な方じゃない。今ガード対象者とこんな口をきいてると知られたら、上司に怒られるだろう」

二人だけの秘密、か。悪くない響きだ。

「神谷英明には、結構な額の負債があるらしい」

「だから？　ケツに火が点いて思い切ったことをする、と？」

彼の言葉を使って言うと、叱《しか》る視線が向けられた。

「考えられないことじゃないだろう」

「それは情報不足だ。三人の親戚は全員、金銭的に余裕はない。借金があるかどうかまでは知らなかったが、三人とも自分の立場に満足してないんだ」

「どこからそれを？」

「以前、神谷の伯父から聞いた。神谷の財産は亡くなった祖父さんがその大半を築いたが、その弟はそれに協力が乏しかった。なので伯父さんの従兄弟達は役職はもらっても、予想していたほどの金を手に入れられなかった。それが不満でお前にイジワルをするんだろうな、と」

「どうしてそれを早く言わなかった」

「聞かれなかったから。伊沢のおじさんは、私を守りたいとは思っているようだけれど、情報を全《すべ》て君達に伝えているわけではないんだな」

「…のようだな。それはよくないことだ」

悔しそうな声。

伊沢のおじさんは西岡達を単なる盾としか思っていないのだろう。そしてお家騒動には首を突っ込まれたくないわけだ。

それは賢いやり方ではないのに。

「私はこれ以上ガードを増やして欲しくない。でも何かしたいと思うなら、三人の親戚の方に人を張り付ければいい。彼等が何かしでかさないように」

「それには文句がないのか？」

文句がないどころか、向こうに監視が付くのは大歓迎だ。

「私が嫌なのは、自分の周囲にゾロゾロと人が付いて回ることだ。向こうにくっついてる分には関係ないさ。そしてできれば、彼等が何かをしようとしてる時に、こっちに連絡をくれると嬉《うれ》しい。そうすれば、警戒はする」

「考えておこう」

「こっちは手札を晒《さら》したんだ、考えておくだけじゃつまんないな」

「そいつはどうかな？　平泉はまだ俺達に秘密を持ってるんじゃないか？」

「そう思う?」

「何もかも話すタイプとはもう思えない」

裏切りは後を引いてるってことか。

「話はそれだけ?」

「ああ」

「じゃ、もう寝るよ。上着、ありがとう」

かけてもらった上着を脱いで彼に手渡す。

その手を摑まれた。

「何…?」

指は冷たかった。

けれど摑まれたところが熱く感じる。

「俺を怖がらないんだな」

怖かったかもしれない。

彼に捕まるのが。

「どうして? 私を守ってくれるんだろう?」

けれど認めずにごまかした。

「…変わったヤツだ」

「それは褒め言葉？」

「いいや。けなしてもいないが、褒めてもいない。単なる感想だ」

その時、電話が鳴って、西岡が手を離した。

名残惜しさを感じつつ電話に歩み寄り受話器を取る。

「はい、平泉」

だが受話器の向こうからの声はなかった。

「もしもし？」

問いかけると、西岡が近づき、背後に立って受話器を挟むような形で顔を寄せる。

無言の電話より、その近さの方が気になった。

「もしもし、声が聞こえないんですが」

もしかして故障か何かと思って言うと、受話器の向こうから一言だけ言葉が響いた。

『邪魔だよ、死ねよ』

そして切れた。

「…嫌がらせの電話のようだね。これからはおやすみモードにして鳴らないようにしてから寝ないと」

大したことではない。

いつかかかって来るだろうと思っていたものだ。

けれど西岡は私の頭を、子供にするように優しく撫でた。

「気にするな」

本当に、とても優しく。

「言って気が済むんなら言わせておくさ」

だからその手から逃れるように受話器を置き、彼から離れた。

「おやすみ」

本当はそうしたくはなかったのだけれど…。


強がりではなく、西岡に言ったことは本当だった。

自分を付け狙う親戚を、憎んだことはなかった。

多分、自分はよくも悪くも頭が回り過ぎるのだろう。

親戚達が自分を憎む気持ちがわかってしまうのだ。

自分はあまり裕福ではない家に生まれ育った。それが普通だったし、あまり物欲がないせいか、与えられた以上のものを欲しがることもなかった。

周囲の友人知人も経済状態は似たようなもの。誰かより勝ることも劣ることもない。

けれど、親戚達はきっと生まれた時から神谷の伯父と自分を比べて育っただろう。

隣に、自分より裕福な者がいる。

血の繋がった従兄弟は、自分よりいい暮らしをしている。

人は、比べるものができて初めて、自分の幸、不幸を決めるのだ。

彼等にとって、いかに裕福な生活であっても、従兄弟より劣る生活は貧しいとしか感じなかっただろう。

役職を与えられても、それを感謝するよりも、どうしてお前の地位が自分のものではないのかと思ったに違いない。

鬱屈《うっくつ》した生活を続けた中、全ての権利を放棄して家を出た娘の子供が突然現れて自分達の欲しかったものを持って行こうとする。

それは腹立たしいことだったに違いない。

自分達は頑張って自分の地位を固めてきた。なのにお前はただ血の繋がりだけでそれを横合いからさらうのか、と。

他人よりも多くのものを持っているのに、まだその先を望み、飢えを感じる生活というのは哀れささえ感じた。

だから、私は彼等を嫌うことができない。

可哀想にと思うだけだ。

ただ、だからと言っておとなしく何もしないでイジメられている気にはならないのだけれど…。

「今日の午後は外出だったな」

決められたスケジュールは一応報告していたから、朝食の席、西岡の方からそう言われた。

「そう」

「場所と相手は聞いてなかったが?」

「ああ、企業秘密だから」

「大袈裟だな」

「そうでもない。基本的には億単位の金が動くからね。ウチの儲《もう》けはもっと少ないけど」

頭打ちだと囁かれても、一部の人間のためだと言われても、依然ＩＴ関連企業は悪くない進化を遂げている。

特に、エンターテイメントとＣＭ系は。

「フィールドワークなんかとは違うのか?」

「いや、今日は打ち合わせ。新しいゲームが立ち上がるんで、アメリカ本社から来た人間と細かく打ち合わせするんだ。今度のゲームのシナリオやシステムの操作性、協賛企業やプロテクターなんかのことを。そういうのが発売前に流れると大変なことになる」

「ネットでできるんじゃないのか？」

「ネットでハッキングかけられたら困る。それに最初はちゃんと打ち合わせしないとね。サポート・ゲームマスターをやってくれてる人間も集まるし」

「場所は？」

「都心のNホテル。ホテルの入口までは付いて来てもいいけど、中までは無理だよ」

「それはダメだ」

「ダメと言われても、部外者は立ち入り禁止だもの。決めるのは私じゃないし」

西岡はむう、という顔をした。

「ではホテルの周囲を張らせてもらう」

「それも困るなあ、あちらさんも新作を持って来てるとピリピリしてると思うし」

「だがそれじゃ警備ができん」

「それはそっちの都合だろう？　私は私の仕事をする。最初からの約束だよ？」

そう言うと、彼は黙ったまま席を立った。

少し離れた場所で声が聞こえて来る。

どうやら上に判断を仰いでいるようだった。

意地悪をしているわけではない、新商品を取り扱ってる会社ならゲーム系でなくともこんなものだろう。

だが、これは使えるかな?

「平泉。今日の外出は俺の車で移動する。後ろには目立たないように松尾さんが付くから、それでもいいな?」

「ホテルの前までは」

答えると、声は更に二言、三言喋《しゃべ》って会話を終わらせた。

「どうするの?」

戻って来た彼に聞くと、彼は無表情のまま答えた。

「それは秘密だ。お前はおとなしく守られてくれないから」

これは仕事の顔だな。

食事を終え、着替えを済ませ、会社へ向かう。

松尾の車は昨夜確認した定位置にあった。

乗っているのは別の人間かもしれないが、不自然な車に西岡が警戒していないところを見ると、この判断は間違っていないだろう。

午前中はそのまま会社でおとなしく仕事を続け、約束の時間を気にしながら簡単な昼食を摂《と》り、後を他の人間に任せて席を立った。

内情を知ってる内村《うちむら》が続いて立ち上がった西岡に気づいて声をかけてきた。

「西岡、連れて行けるんですか？」

「運転手だよ。中には入れない」

と答えると、納得したようだった。

内村は根っからのゲーマーだから、新作ゲームをいじれるチャンスを新人に渡したくはなかったのだろう。

けれどその一言が、私が意地悪や嘘で『中には入れない』と言ったのではないことを証明してくれた。

自分の乗り慣れた車ではなく、先日押し込められた西岡の車に乗り、都心へ向かう。

走りだして暫くすると、彼は前を見ながら口を開いた。

「昨夜から、うろうろしてる車があるらしい」

それを聞いて、自分の読みが外れたかな、と思った。

「ひょっとして、マンションの前に停まってる白いバン？」

だがそれは間違ってなかったらしい。

「あれはウチのだ。盗聴や盗撮の電波が飛んでないかどうか確かめるための機動車だ」

正解とも言えないが。

「松尾さんが乗ってるんじゃないのか」

「それはお前には教えない」

「それ、別にもう一台車ありますって言ってるようなものだよ」

ガードは二人以上つけないで欲しいと頼んでおいたのに。いや、『ガード』は二人だけで、サポートが別についてるとでも言うのか？

「怪しい車ってどんなの？」

「怪しい車と言い切っていいかどうかはわからないが、何度か同じ車がマンション前で徐行するのを確認したらしい」

「道に迷ってただけかもよ？」

「だといいな」

思わせ振りなその言い方に、後ろを振り向いて見たが、もしそんな車がいたとしても自分には見分けることができなかった。

一般の会社では昼休みも終わってしまった時刻。

都心へ向かう道は空いていた。

信号で引っ掛かることはあっても、渋滞には巻き込まれることなく車が進む。

天気もよく、昼食を食べた後だったせいか、ついウトウトしたくなった。

ホテルに到着するまでは何もすることはないし、寝ても文句は言われまい。

「着いたら起こして」

と言って目を閉じ、フロントガラスごしの陽光を浴びて一眠りしようと思った時、突然隣から声が飛んだ。

「頭を抱えろ！」

と言われたのに、反対に驚いて顔を上げる。

目の前に、巨大なタイヤ。

西岡は必死にハンドルを切っていた。

路地から出て来たらしい大型のトラックがこちらへ向かってハンドルを切ったのだ。

ドアに縋《すが》り付くと、ブレーキの嫌な音がして車が大きく揺らぐ。

こちらの車は歩道に乗り上げ、何とか衝突は避けられたが、金属が擦れるカン高い音とともに第二の振動が襲ったかと思うと、フロントガラスにバッと亀裂が入って粉々に砕け散った。

「西岡！」

トラックがぶつかったのは運転席側だったので、彼の名を呼んだ。

だが彼は冷静にポケットから携帯を取り出し、インカムを着け、松尾を呼んだ。

「今のトラックを追わせてくれ。ノーブレーキで曲がってきやがった」

ノーブレーキ…。

話しながら、砕けたフロントガラスの破片を払い、私の身体をチェックする。

「そうだ。意図的だ」

チェックしたいのはこっちだ。

車はお前の方が近かったじゃないか、と言いたいが会話中だから声を出せない。

「ああ、ケガはない。だが車はオシャカだな。フロントの枠が歪んでガラスが砕けた。代車を回してくれ。無理ならタクシーを拾う」

言ってる間に、隣に黒い車が停まった。

「西岡」

一瞬構えたが、窓から顔を覗《のぞ》かせたのは松尾だった。

「やられた」

と西岡が言うと、松尾は黙って頷いた。

「ケガがなければいい。平泉さん、こっちに移ってください。ホテルまで送らせていただきます」

「西岡は…」

　彼のケガは確かめないのか?

「残します」

　救急車を呼ぼうとか、そういうことはないのか?

「警察に事故対応しなければなりませんから」

「故意なのに?」

「故意でも、警察に『狙われた』では済みませんからね。それとも、事情を説明なさいますか?」

　痛くもない腹を探られますよ? と言ってるように聞こえるセリフ。

　確かに、ヤジ馬も集まって来た。注目を集めるのは得策ではないだろう。

「行け。後で追う」

　迷ってる私の肩を、西岡が押した。

　待ち合わせの時間にはまだ少しの間がある。けれど警察に捕まれば『少しの間』では済まないだろう。

　約束の時間に遅れることは社長としてできない。

「…わかった」

言われた通りに車を降り、ガラスを払ってから松尾の方へと乗り換える。

「驚かれたでしょう」

「少し、ね」

「おケガはありませんか?」

「うん」

車が、西岡を置いてスタートする。

「さっきのトラック、神谷の人間が出したと思うかい?」

心が残る。

「憶測だけでは何も申し上げられません。ただ、危険があることは納得いただきたいと思います」

西岡とは違う、事務的な言葉。

「もう少しくだけた調子で話して欲しいんだけどな」

と言っても、こちらは応える様子はなかった。

「お時間、間に合いますか?」

「ああ、大丈夫だろう」

振り返っても、もう西岡の車は見えなくなっていた。

彼の方こそ、ケガはなかったのだろうか？

ふと見ると、自分の手の甲にはいつの間にか赤い筋がついている。飛び散ったガラスで切ったのかと思ったが、血ではなく、どこかに打ち付けた痕《あと》らしい。

「ガラスって、ケガしないもんなのかな…」

「今時は簡単にショックですぐに砕けるようになってるんです。角ができないように丸くなって落ちるんですよ」

ポツリと呟いた言葉に答えた松尾の説明に、少しだけほっとした。

自分ではなく、西岡のために。

ホテルに着くと、トイレに入って服を払い、手を洗った。

そこまでは松尾が付いて来て、一緒に細かな破片をチェックしてくれた。

だが彼が付いて来られるのはそこまでだ。

ホテルの会議室まで来ると、向こうの会社の人間に、やんわりと追い返されてしまった。

ＩＤの用意がありませんので、と言われて。

「平泉さんとこの人間にしては年配の人ですね」

「来る途中車がエンコしちゃって、ちょっと人に頼んで車出してもらったんです」

「車の方は？」

「別の人間に任せて来ました」

会議室に入ると、大きなモニターが設《しつら》えられていて、全員が揃《そろ》うとすぐにパソコンの画面がそちらに映し出される。

「それでは、『ミッドガルム』のベータ・バージョンの説明をさせていただきます」

ここから暫くは、仕事に集中するべき時間だった…。


「また来るよ」

予定をオーバーしてしまった滞在時間を終えて、アパートを出ようとすると、菊地《きくち》は玄関先まで見送りに出て来た。

「でも難しいんでしょう？」

おっとりとした口調が微笑《ほほえ》ましい。

自分より、一つ下の彼の口調は甘えてるようにも聞こえて。

「それでも来るさ。一緒にいた方がいいと思うって言っただろう？　そのためだったら何でもするよ」

「平泉《ひらいずみ》さんの方が大変なのに」

「それでも。私を信じてくれるんだろう？」

と聞くと、菊地は顔をくしゃとさせて笑った。

「…信じます」

「じゃあ愛情も信じてくれ」

その言葉には少し複雑そうな顔をしたが。

確かに、ほったらかしのままで『愛情を信じろ』と言われても頷《うなず》けないだろう。

「何かあったら、私の携帯に直接電話していいからね」

「はい」

「それじゃ」

手を伸ばせば隣の建物に届きそうなくらい密集した住宅地の安アパート。

ここへ来るたびに、何となく自分が昔住んでいた場所を思い出す。

これほどゴチャゴチャとしたところではなかったが、自分も長くアパート住まいだったから。

ドアが閉められ、鍵《かぎ》を掛ける音を確認してから、コンクリ打ちの廊下を歩いて外階段へ向かう。

陽《ひ》が落ちるとまだ寒いなと思いながら靴音をさせ、鉄階段を下りる。

ホテルでの打ち合わせが終わってから真っすぐここへ来た時にも随分遅かったが、既に辺りには人影もない。

少し歩いて大通りまで出なければ、タクシーは拾えないだろう。

出し抜かれて、西岡《にしおか》は怒っているだろうな。

だが今回のチョンボは松尾《まつお》につけられることだ。あの時西岡はいなかったのだから。

そんなことを考えていると、突然横合いの路地から、まるで行く手を阻むかのように人が飛び出した。

ギクリとして足を止めると、その人物は何かを咥《くわ》え、手の先に炎を灯《とも》した。

その明かりで、顔がわかる。

「ここいらは路上禁煙地帯だよ」

短くした髪、すっきりとしているわりには彫りの深い顔立ち。

西岡だとわかって、口元が緩む。

彼にここを知られるのはマズイのに、彼がここにいるということは酷《ひど》いケガはなかったのだということの方が嬉《うれ》しくて。

「すぐそこに車があるから、見られる前に乗ればいい」

反対に彼は不機嫌そうにそう言うと、ツカツカと歩みより、私の手を取った。

「来い」

前のような強引さはなかったが、怒っているのがわかる程度の強さだ。

「よくここがわかったな。ひょっとして私に発信機か何か付けてた？」

「そんなものは使ってない。ただ追っかけただけだ」

彼が乗せようとした車は昼間のものとは違っていた。

あの時『代車を』と言っていたから、それだろう。どっちも会社の車なのだろうか、それともあれは彼の私物だったのだろうか。

そんなくだらないことが気にかかる。

シートに身を沈ませても、車はすぐに走り出さなかった。てっきり『確保』の報告をするかと思ったが、それもしない。

ただ窓を少しだけ開けて、むっすりとタバコを吸うだけだった。

「追うって、あの時ホテルには来なかったのに」

「警察の取り調べが終わってから、駆けつけた。言われたように会議室には近づけないようだったから、待ってる間にホテルの出入り口は全て《すべ》チェックし、正面に松尾さんを立たせ、俺はお前が出て来そうなレストランの裏口で張ってたのさ」

「よくレストランを使うってわかったな」

「地下の駐車場から出ても、出口は正面玄関を通る。そうなれば車で待ってる松尾さんが追う。そいつはきっとお前も考えるだろう。だがレストランの裏口はホテルとは別の方向に向いている上、車の拾える大通りが近い。お前が出るならそっちだろう」

「ビンゴ、だね」

「今の部屋の住人が恋人か」

「そう。頼むから、調べないでくれよ？　私は彼のことを大切にしたい。こんなくだらないことに巻き込みたくないんだ」

「お前がここにいるのを知ってるのは、今のところ俺だけだ」

「報告は…」

「裏口から出るお前を見つけて追いついた、このまま外を暫《しばら》く歩くと報告しておいた」

それは…。

「ありがとう」

神妙な声で謝辞を述べたつもりだったのに、彼は身体をこちらに向けると、額にデコピンをかましてきた。

「痛ッ」

何をする、と睨《にら》む私を、彼は叱《しか》り飛ばした。

「お前はどこまでバカなんだ。昼間あんな目にあって、自分の危険は痛感しただろう。この間のことだってある。一人でふらふらしたら危険だと思わなかったのか？」

「それは多少は…」

「多少じゃない。さっきのトラックは盗難車だった。相手は本気だ。ついカッとなってとか、嫌がらせの域は越えたんだ。運転していたのが俺じゃなくお前だったら、四トントラックの下敷きだったんだぞ」

言ってる彼の手に白いものが見えた気がして、飛びつくように彼の手を取った。

「…何だ？」

だがジャケットの袖口から覗《のぞ》いていたのは包帯ではなく、単に下のシャツの袖だった。

「すまない。西岡がケガをしたのかと…。よかった、違って」

ほっとしてその手を離す。

「俺よりお前だ。手の甲に傷を作ったそうだな」

「ああ、こんなの別に。すぐに消えるよ。それよりホントにケガは…」

上げた顔の目の前にタバコ。

視線が合い、沈黙が走る。

火の点《つ》いたそれを彼の手が外して、フッと横に煙を吐いた。

何か言わなくては。

この沈黙はマズイ。

「ケガ、ない?」

視線が外せないまま聞いた言葉に短い返事。

「ない」

「心配してたんだ、あの時確認…」

早く離れるべきだと思ったが、その前に彼の唇がタバコの匂いを押し付けた。

一瞬だ。

つい彼が身体を前に傾けたから当たってしまった、という程度の。けれど確かにその感触は残った。

言葉を失って固まった私の目の前で、タバコが再び唇に戻る。

「シートベルトを付けろ。戻る」

何もなかったように、彼が前を向く。

「…何故《なぜ》キスを?」

あの時は抱いた理由も気持ちも聞かなかったのに、今度は知りたくて、言葉にして聞いてし

まった。

「お前がバカなガキだからだ」

けれど返事に気持ちはなかった。

したことを否定はしなかったが、望んでいた言葉はもらえなかった。

望んでいた…?

『好き』と言って欲しかったのか?

言われたらどうする?

…いいや、言ってくれるはずはないだろう。自分に手を出した後も、彼の態度は全く変わらなかった。

彼は海外に長くいたせいで、こういうことに慣れているのかも。ただ男色で、近くにある手近なものに手を出す癖があるだけかも。

相手である私が何も言わないから。同じ人種だと思って。いや、そう思ってるからに違いない、私は自分の恋人は男だと伝えているのだから。

けれどシートベルトを締めながら窓の外に向けた顔を、戻すことができなかった。

少しだけ、泣きそうな顔をしている自覚があったから…。

マンションへ戻ってから、彼は仲間に帰宅連絡を入れた。

行方《ゆくえ》が知れなかった対象者を確保したというのではなく、単に無事に帰宅したとだけ。その報告で、彼が本当に自分を彼個人の裁量で自由にさせてくれたのだと知った。

それからまた、お説教だ。

「どこまで行ったらそのバカは治るんだ」

「大丈夫だって、何も起こらなかっただろう？　西岡達を撒けるなら、神谷《かみや》の人間だって撒いてたさ」

「もし俺が到着するのが遅れて、あそこに待っていたのが神谷の人間だったら、そうは言っていられなかったんだぞ？　楽観的に物事を考えるのはよせと言っただろう」

「それは困ったが、事実今はこうして無事だ」

「結果よければ全てよしとでも言うつもりか」

声を張り上げられることはなかった。

それだけに空気は嫌なピリピリとした緊張感があった。

「そうは言わない。だが西岡はプロだから尾行に気づかなかったが、素人だったら…」

口にしながら、自分の理論が子供の言い訳でしかないのはわかっていた。

「盗難車で足がつかないようにした人間が素人だと思うか」

正しいのは西岡だ。

「ガードにプロはあっても、殺し屋のプロなんていないだろう?」

でも認めてしまうと、もう外を歩くことはできなくなってしまうから、認めるわけにはいかない。

「そんな保証はない。ヤクザだっていれば、お前のお得意のネットの中に殺人請負の闇サイトだってあるだろう」

「ああいうところは大抵食い詰めた素人がやってるもんさ」

リビングのソファ、彼は私がソファに座っても、腰を下ろそうとしなかった。

タバコを吸い、立ったまま見下ろされる。

そのポジションが、叱られている子供の気持ちにさせる。

「今日の事故のことを、伊沢《いざわ》氏に報告した」

「な…」

何故、と言いかけて止めた。この警護の依頼者は伊沢のおじさんだ。彼等としては当然のことだろう。

「伊沢氏の方はお前より理解が早かった。今日から、我々の任務はグレードを上げることになったよ」

「どういう意味？」

「平泉初美《はつみ》個人を守るのではなく、神谷グループの跡取り候補としての警備となった」

「私は跡取りではない」

「そちらの事情は知らない。我々にとって、君は神谷の次期総帥だ。伊沢氏もそのつもりでかって欲しいと要望されている。神谷グループのために、君は安全でいなければならない」

彼が、怒りを表に表さない理由が冷たくなってゆくその口調でわかった。

彼にとって私は、親しくなりかけていた人間から、単なる仕事の対象者へ戻ってしまったのだ。

「ガードの人数も増加した。現在、このマンションの外部には数人のガードが配置されている。会社にも」

「人は増やすなと言ってある」

「それは伊沢氏に言いたまえ」

「私個人の意見は聞かないというのか？」

「そうだ」

「横暴だ」

「横暴ではない。自分の危険を理解できない歳《とし》でもないのに、無茶ばかりする人間は子供と一緒だ。子供を警護する時には保護者の了解だけで十分」

「それは感覚的な問題だろう。私は実際大人だ。しかも神谷からは一円の援助も受けていない、無関係な人間だ」

「残念だがそれは違うな」

「違わない」

「君が神谷の家の人間であることは事実だ。君が財産放棄の手続きでも取らない限り、それは一生付きまとう。財産は配偶者と直系卑属、つまり子や孫に第一相続権がある。だが、神谷氏は離婚してる上子供がいない。次は直系尊属である親や祖父母だが、もちろんそちらも亡くなっている。その後は代襲相続として被相続人の兄弟だが、彼には君の母親という妹しかいなかった。そしてその次がその子供である君だ」

「よくわかってる」

「わかっていない。君が親戚《しんせき》と言っている三人は、神谷氏が遺言書でも書かない限り相続人にはなれないんだ、そしてそれをするならば、とっくにそうされているだろう。神谷氏がそれを行っていないということは、神谷氏自身が君を相続人として指定しているということに外ならない」

「弁護士が呼ばれたと言っていたじゃないか」

「遺言書の作成は行われていない」

「どうしてわかる？　親戚には内緒で書いたかもしれないぞ？」

「遺言書を書くためには、立ち会い人が二人必要だ。だが、神谷氏に弁護士が呼ばれた時、面会は二人だけで行われた。何かを相談はしただろうが、書類は作成されなかったということだ。部外者の我々ですら、それを知ることができたのだ、向こうの連中がそれに気づいていないわけはない」

今日の事故で、伊沢のおじさんもガード達も本腰を入れたのか。西岡達の握る情報が増えていると見ていいだろう。

だんだん、ごまかすことが難しくなりそうだ。

「伯父さんの容体はどうなのかな…」

「意思の疎通はできるようになって、会話ができるようになった。今日弁護士が再び呼ばれたから、そのせいで向こうが動いたんだろう」

「弁護士が面会？」

「ああ」

「何を話したか…、なんて知るわけないか」

「気になるのか？」

意外、という声の響き。

「変な意味じゃない、純粋な興味だよ」

「会話の内容はわからんが、我々は神谷氏の警護も引き受けることになった。我々の方から伊沢氏に、神谷氏にも危険があるかもしれないと進言したので」

今度はこっちが意外だという声をあげる。

「何故？　今伯父さんが死んだら、法定相続人は俺のままだ。あっちには得なことなんてないでしょう」

「それが正直な驚きなら、君は彼等を甘く見てる。神谷氏がまだ身体の自由のきかないうちに偽の書類を作成し、サインをさせることもできるんだぞ。会社の上層部に籍を置く親族なら、実印の印章を手に入れて偽造することも可能だろう」

…それは、考えてなかった。

もしそんなことをされたら、自分の望みは断たれてしまう。伯父にはまだ長生きして、幸福になって欲しいのに。

ゆっくりしている暇はない、ということなのか。

「西岡、頼みがある」

「頼み？」

「そうだ。今度はちゃんと正式にお願いする。何人ガードを引き連れてでもかまわないから、私に伯父の見舞いに行かせて欲しい」

イラッとした様子で、彼はテーブルの上の灰皿に落ちそうだった灰と一緒に吸い殻をねじ込んだ。

「自分が何を言ってるか、わかってるのか？」

「わかってるさ」

「今この時期に君が神谷氏に会えば、いたずらに連中を刺激することになるんだぞ？」

「かもしれない。でも、会いに行く」

「平泉」

声が荒げられても、怯《ひる》まなかった。

彼を、怖いと思ったことが一度もなかったから。

「何度も言うようだが、ガードの依頼者は私じゃない。私は君達の言うことをきかなくてはならない義務はない。反対するなら勝手に出て行ってもいいんだ。けれど、西岡の今日の気遣いのお礼に、そちらの庇護下での面会にしようと言ってるだけだ」

「反対し、拘束したら？」

「それは拉致《らち》監禁ってことになるだろうな、警察に助けを求めるかも」

「伊沢氏の命令だとしても？」

「伊沢のおじさんは私の上司でも親でもない。本当にやりたいことのためには命令を聞く義務はない」

「…どうしても、なのか」

「どうしても」

「何時《いつ》？」

「明日。お願いします」

ぺこり、と頭を下げると、彼は鼻白んだ。

「…お願いで済ませられると思ってるのか」

「でも今度はちゃんと、西岡に相談したい。しろって言っただろう？　上にかけあってくれるって」

更に視線を外し、考えるように腕を組んだかと思うと、こちらに背を向けて暫くそのまま動かずにいた。

「西岡」

ダメ押しとばかりに名を呼ぶと、バリバリと頭を掻《か》いた。

「待ってろ」

そして携帯を取り出しながら、彼の部屋へ消えて行った。

仕事モードに戻りかけていた西岡の、最後に戻った素の表情。

私が『お願い』と言ったから？

だとしたら少しは気に入ってくれてるんだろうか。

彼を好きになるのは困ると思いながら、彼に好かれたいと願うのは矛盾しているし、ある意味強欲だ。

けれど欲しいものを欲しいと思う気持ちは止まらないからしかたがない。結末が悪いとわかっていても、その過程を楽しむくらいはいいだろう。

子供の頃、母親にも言われただろう？　物事は順番に片付けなさい、と。

何もかも一遍にやろうとすると無理が出る。手に負えなくなって全てを失う。

自分の『できる』は飽くまで希望的推測に過ぎず、結局は全てが手から零《こぼ》れ落ちてしまう。

頭の中、今日会った菊地の顔が浮かぶ。

私だけが頼りだという彼の目。

彼の方を、自分は先に選んだ。

彼の全てを幸福にしてやると、誓ってしまった。

それを捨てて、自分のことを仕事の対象と思っているか、ちょっとは気に入ってくれているかぐらいの西岡に乗り換えることはできない。

菊地を、幸せにしてやりたいのだ。

あの子をとても気に入って、好きになってしまったから、絶対に彼を…。

「平泉」

戻った西岡の声に考えを中断させ、顔を上げる。

「話を付けた。明日、病院へ行ってもいいぞ」

「ありがとう」

「ただし、俺も付いて行くし、病院にはウチのガードが待ってるからな」

「いいよ。それは」

私は立ち上がって、西岡に歩み寄ると、その身体に腕を回した。

「私を、信用している?」

悔しいことに、この男は戸惑いもしない。

「信用はしていない。お前は嘘つきだ」

「酷いな。…でもまあそれでいいや」

その方が気が楽だから。

「少しは私のことを気に入ってる？」

「少しは、な」

その程度が丁度《ちょうど》いい。

「ありがとう。明日はよろしく」

彼のタバコの匂いだけを受け取り、離れようとした。

だが西岡は私の顎《あご》だけを取り、引き留めた。

摑《つか》まれた顎が痛む。

「お前はバカだ」

その言葉も微《かす》かな痛みを与える。

「酷いな」

「頭がよさそうに見えて抜けてる。所詮《しょせん》ヴァーチャルな世界ばかり見てるからだろう、現実がわかってない」

「失礼だな。私はリアルとヴァーチャルを混同したりしない。現実も見据えてる」

「なら考えが甘いんだ」

近づく顔。

「これでも世間をよく知って…」

偶然ではなく触れる唇。

車の中でされたより、少し長いキス。

もしかして、と思った。

彼は自分を好きになってくれているのか、と。

「恋人がいるのに、簡単に男にキスされるような隙《すき》だらけなのも、バカで甘ちゃんなせいだろうな」

だが離れた唇は優しい言葉などくれなかった。

摑まれていた顎は、突き放すように軽く押され、彼は私を置いて部屋に消えた。

「オヤスミ」

とだけ言って。

惑わされる。

彼の態度の曖昧《あいまい》さに。

自分の気持ちの曖昧さに。

「私は…、好きな人としかキスしないタイプなんだけどな…」

閉じたドアの前で呟《つぶや》いた言葉は、誰の耳にも届かない言葉だった。

会社の社長と言っても、所詮は従業員五人の零細企業。

社長である私自らが頑張って働かなくてはならない身分。

しかも付き合いのある会社の連中は、大手でさえ、中小でさえ、大抵はスーツでピシッと決めてる人間の方が少ない。

私がスーツとネクタイでキメてるのは、『社長』という着ぐるみを纏《まと》うようなもので、それがなければアルバイトと変わらないからだ。

なので、誰かにかしずかれるとか、起立して待たれるということは経験がなかった。

唯一あるのは、神谷の家に行った時のことだけ。

あの時、家にいた使用人と思《おぼ》しき連中は、自分達の将来を考え、私の扱いに悩み、極めて事務的に接していた。

神谷の伯父ですら、祖父が怖くて迎えに行けなかったという自分を恥じて、私に手を伸ばすことをためらっていた。

その時、ああこの人は仕事ではトップに立っていても心弱い人なんだな、と思ったのを覚えている。

とにかく、その時に『お客様』という扱いをされた以外、自分は自然体で生きてきた。

なので、病院へ着いて、伯父の病室のあるフロアでエレベーターの扉が開いた途端、ものすごい違和感を感じてしまった。

「何かドラマみたいだな…」

そこにはまず、イヤホンを付けたスーツの男が立っていた。

私の背後に立つ西岡に目礼したところを見ると、これはMGCの人間だろう。

ナースステーションの前から病室の前まで、同じようにスーツを着てはいるが、こちらはもっと脆弱《ぜいじゃく》な体つきの、どちらかというと高齢の者が多い人の列。

彼等は私を確認すると、起立して頭を下げた。

だからこっちは神谷の会社の人間だ。

その間を、まるで大名行列か、院長回診のように進むと白い両開きの扉の前には、門番のように二人の男。

その男にドアを開けてもらうと、床にまで花籠《はなかご》が置かれた特別室の病室だ。

「やあ、伯父さん」

私はその花の中で眠る神谷の伯父に声をかけた。

「あ…、初美…」

弱々しい声。

以前会った時には、もっとパリッとしていたのだが、今や実年齢以上の老人に見える。

「調子がいいとは言えなさそうですね」

近づいて、ベッドの脇《わき》にあった椅子に腰を下ろす。

「少しは…、よくなってきたところだ」

返す声は震えていたが、一度話し出すと芯《しん》が戻ってきた。

部屋には、特別室だけあって、白いカバーのかかった応接セットがあり、そこには立ったままの男が一人と、座ったままの男が一人いた。

立ってる方はMGCの人間だろうが、座っている方の人間は見覚えがあった。

伯父の秘書だ。

「天城《あまぎ》さん、でしたっけ。以前お会いしましたね」

「ええ。お久しぶりです」

彼は挨拶《あいさつ》をする時だけ、立ち上がった。

態度から察するに、彼は私を歓迎していない派だな。でなければ上司の家族が来たというのに、椅子に座りっぱなしってことはないだろう。

「伯父さんが倒れたって聞いてから、すぐに見舞いに行こうと思ってたんですけどね。色々問題があるみたいだから見合わせてたんですよ。情の薄い甥《おい》っ子ですいません」

自分の味方ではない人間に必死に愛想を売るタイプではないから、早々に背を向けて伯父に話しかける。

「伊沢が止めたんだろう？　本人から聞いた」

伯父は咳払《せきばら》いを一つしたが、もう普通に話せた。

…こうして見ると、やはり似ている。

「ええ。伊沢さんは心配性だから。前から思ってたんですけど、伊沢さん、母さんのこと好きだったんじゃありません？」

「そうかもしれないな。あれは家へ来ると緊張していたからな。ただ奥手だから、何にも言わなかったようだが」

「やっぱり。私に対する世話焼きはそのせいですね」

「お前のことも可愛いんだよ」

「こんなに大きくなったのに？」

「子供は幾つになっても子供だ」

その言葉に、身を乗り出す。

「二十歳を過ぎても、可愛がれると思いますか？　こんなに大きくなっていても？」

「思うさ。絶対に」

「それじゃ、たっぷり可愛がってもらおうかな。実は伯父さんにおねだりしたいことがあるんですよ」

「珍しいな」

西岡は私が現実を甘く見てると言った。

そうかもしれない。

その上、自分でも自分が強欲だと思っている。

夢でも見るように欲しいものを広げ、必ず手に入れたいと願う。そしてそれをヴァーチャルなんかじゃなく、リアルにすることを確信している。

「初美？」

それを夢見がちだと言うか？　欲が深いと言うか？

「人払いを」

私はそうは思わない。

そのためには何でもする覚悟さえあれば、最後にそれを手にすることができれば、それは意欲的な成功者でしかないはずだ。

「神谷の未来を、俺が決めてあげます」

伯父の目に、光が宿る。

こちらの言いたいことを察して。

「それじゃ、お前…」

「しっ、ここから先は二人だけで話しましょう。伯父さんの夢は叶《かな》うから。そして俺の夢もね」

目を輝かせる伯父の言葉を遮って、私は頷いた。

「…わかった。天城、そこのボディガードを連れて出て行ってくれ」

「社長」

伯父の言葉に、異論を唱える天城の声。

「早く」

それを無視し、心を逸《はや》らせる伯父の姿に、満足感を得る。

「…わかりました」

天城が『私』を睨むような一瞥《いちべつ》を向けることも、計算の上。

「西岡。君もそこのオトモダチを連れて出て行ってくれ」

振り向いて、黙って背後に立っていた彼に命じる。

西岡は無表情のまま私を見つめ、ボソリとあの言葉を口にした。

「…お前はバカだ」

私にしか届かない、小さな声で。

そして深くこちらに一礼すると、天城の傍らに立っていた男に合図を送り、三人が揃《そろ》って部屋から消えた。

閉まるドアの音。

「それで？　家に来てくれるんだな？」

「ええ、全て受け取ります。あなたのことも、『お父さん』と呼ぶでしょう」

私はバカかもしれない。

だが個人の幸福は人それぞれ。

私には、他人には愚かに見えるかもしれないこの願いが、一番の幸福なのだ。

このやり方しか考えつかなかったし、たった一人の肉親である伯父の望みを叶えてやりたかった。

たとえ、西岡に『バカ』と言われても。

片付けるべき問題はこちらが先だった。

それを自分が、決めてしまっていたのだ。

軽い後悔があっても、もう引き返せなかった。

小さい頃、近所に住む友人達はお盆や年末年始になると、少しぼやき気味に、どこか楽しげに、田舎に行くのだと口にした。

祖父母が待っていて、彼等は親よりも自分達に甘いのだと自慢した。

彼等の行く先は、山だったり、海だったり、都会のど真ん中だったりしたが、違わないのは、そこに親兄弟以外の親族が待っているということだった。

どうしてウチにはそういう場所がないのかと、不思議に思って親に聞いた。

返事は、父方の祖父母はその時既に他界していて、母方の祖父母は、祖父だけは存命だが折り合いが悪いのだと聞かされた。

母は、子供の私にも包み隠さず何でも話す人だったので、二人が認められない結婚をしたことも、そのために家を出たことも、実家が金持ちであることも、全て聞かされた。

両親が火事で亡くなり、一人になってしまった後、新聞の記事でそれを知ったという伊沢のおじさんが現れた時、最初私は彼が自分の親族なのかと思った。

一番に駆けつけてくれる人ならば、きっとそうだろうと。

だがそうではなかった。

彼は単に母の知り合い（母に片想いの人）で、私が様々な事情を知っているのだとわかると、祖父や伯父について説明してくれた。

祖父は、母を愛していた。

愛していたからこそ、自分の意志に反した母が許せなかったこと。

伯父も妹である母を大切に思っていたが、祖父の影響力から抜け出すには、ほんの少し勇気が足りないのだということ。

けれど伯父は私を甥として心を配ってくれているから自分が来たのだと。

既に世の中のしがらみを知っていた私は、そのことについて何も言わなかった。

生意気なことに自分は容姿にも才能にも自信があったので、いつか、祖父も、伯父も心変わりするかもしれない。

親戚なんだから、家を訪ねることや、時々連絡を取り合うことぐらいはしてくれるようになるだろう。

自分は彼等をアテにしているのではなく、孤独の寂しさを埋めるために温かい手が欲しいだけだから、それがわかればきっと受け入れてくれるだろうと。

結局、祖父はそうはならなかったが、伯父は望むものを与えてくれた。

だからそれで十分だった。

一時とはいえ、自分は強い孤独を味わったことがある。

生まれてから最期の時まで、親に愛された記憶もある。

大人になれば、誰もが保護者から離れてゆかなければならないことも知っていた。

だから、この状況に不満はない。

ただ…。

ただ、だからこそ、家族は側《そば》にいて、たとえぎこちなくではあっても、互いに愛情を交わす方がもっと幸福だと思っていた。

一人は寂しい。

誰かの手が欲しくなる。

そのたった一つの差し出される手で、何倍も幸福になれる。

自分が、そこにいてもいいのだと言ってくれる人がいれば。

「平泉さん」

必要だと言ってくれる人がいれば。

「平泉さん」

名前を呼ばれて、眠りから覚める瞬間、西岡が自分に向かって手を差し出す映像が瞼《まぶた》の裏を掠《かす》めていった。

「…ああ、悪い」

だが実際私を呼んだのは、西岡ではなかった。

「ちょっと寝てたよ」

「そろそろマンションに着きますよ」

病院から家まで送り届けてくれたのは、高中《たかなか》という男だった。

西岡よりも、もっと物腰の柔らかい男だ。

「ああ」

私が伯父との会見を終えて病室を出ると、そこに西岡の姿はなかった。

どこへ行ったのかと、病室にいたMGCのガードの男に尋ねると、彼は用事ができて暫くの間私の警護から外れると聞かされた。

替わって付いたのがこの高中だ。

病室を出る時、私をバカだと言った男は、そのまま姿を消してしまったのだ。

「はい、着きましたよ。それとも会社の方へ向かいますか？」

もう、戻って来ないかもしれない。

「ああ。悪いけど、もうちょっと走らせて会社の方へ停めてくれるかい？　まだこの時間は就業時間なんだ」

あれだけ忠告したのに、バカな選択をしたと思われただろうから。

そう思われるように仕向けたのは自分だが。

「かしこまりました」

「…そんな堅い口調じゃなくても、もっとフランクに話しかけてくれていいのに」

「お望みでしたらそうしますが、友達のように、とはいきませんよ？」

「ダメ？」

「ええ」

彼は笑いながら車を進め、私が何も言わなくても会社の入ったビルの前で停車した。

「さあ、どうぞ」

「会社の中にも付いて来るんだろう？」

「もちろんです」

「ここで降りて待ってた方がいいかい？　それとも、駐車スペースまで乗っていた方がいいかい？」

「ここで結構です。私も一緒に降りますから」

眠い目を擦《こす》り、深呼吸する。

「西岡から、結構なジャジャ馬だから気を付けろと言われてましたが、おとなしい方で助かります」

それを見て高中が笑った。

ジャジャ馬っていうのは女の子に使う言葉じゃないのかね。

「さあ、どうだか。これからかもしれないよ」

「では、そうならないように願います」

「考えておく。私は自分のやりたいようにやる人間だから」

「やりたいようにやることと、やらなければならないことをやることは違う、とご存じでしょう?」

「私のやらなければならないことって何だい?」

「おとなしく守られることです。全てが終わるまで」

「それは何時?」

「伯父様が退院なさるまで、ですね」

あの伯父の様子では先が長そうだ。

「私は君達の知らない『やらなければならないこと』を持ってるかもしれないぞ?」

「できればそういうことは教えて欲しいんですがね」

「考えておく」

車を降りると、まだ日は高かった。

もう一度、大きく伸びをして、気合を入れる。

言葉通り一緒に降りた高中を上から下まで吟味し、彼はウチの新しいバイトにしてはエリートサラリーマンふう過ぎるなと感想を持った。

「オフィスを改造するかもしれないから、その見積もりに来たリフォーム会社の社員」

「何です？」

「会社の中に居座るつもりなら、そういう肩書にしとこう。君はゲーマーにもプログラマーにも見えないから」

やることはまだまだある。

西岡がいなくても。

いや、自分についてる人間が西岡ではない方が良心の呵責《かしゃく》が少なくて済む。

「じゃ、行こうか」

今暫く、私はジャジャ馬でいなければならないから…。

少し堅苦しい高中を部屋に上げるのは嫌だった。

高中は西岡と違っていつまでもくだけた様子になることはなく、余所余所しい人間は本当に苦手だったから。

けれど門前払いをすれば、西岡同様玄関先に突っ立って一晩過ごすであろうことは想像に難くなかったので、仕方なく中へ招き入れた。

夕食を作ってやると、彼もまた私が料理を作れることに驚き、その腕前にも驚いてくれた。

それで少しだけ気をよくして、その夜は就寝した。

翌朝は、朝食の席でスーツに身を固めた彼から本日の予定を尋ねられ、今日はパソコン関連雑誌の編集部へ向かうのだと伝えた。

「では車を出しましょう」

とにこやかに言われ、マンションの前から鳥籠《とりかご》に入れられての移動。

この男の方が西岡より融通がきかない。

けれど、何故か高中より西岡の方が優秀な気がした。

自分の仕事でもそうだが、与えられた仕事がこなせないのは愚図《ぐず》だが、与えられた仕事を言われた通りこなせば優秀というわけでもない。

起こるトラブルに臨機応変に対応し、自分の頭で一歩先をゆくのが本当の優秀なのだと思う。

それで言うと、型通りの対応をする高中より、私に合わせてくれた西岡の方が優秀で、しかも地位も上なのではないかと思うのだ。

「西岡は、君より上？　下？」

「歳ですか？」

「いや、役職」

「班長ですから、上ですね。個人警護では大変優秀ですよ」

「『では』ってことは何だと優秀じゃないんだい？」

「言葉のあやです。彼は何にでも優秀ですよ」

移動の車中、退屈を紛らわすために直接聞くと、そう返事をされた。

そうか、彼は班長というものなのか。それがどの程度の役職なのかわからないが、『長』が付く程度には認められた存在なんだ。

「ああ、このビルだ。停《と》めて」

目的の会社の入ったビルの前で車を停めると、当然高中は付いて降りてきた。

「関係者以外立ち入り禁止だから、ここで待っててくれる？」

「仕事では仕方ないですが、この周囲には私以外の人間も配置されてますから、逃げ道はないですよ？」

「私が逃げると？」

「前歴がありますから」

「それはガードとして正しい判断だ」

にっこり笑って肩を叩《たた》いてやると、彼は複雑そうな顔を見せた。

「いいですが、平泉さんは本当に危険なんだということを、忘れないでくださいよ？　昨日から向こうの方々の動きがおかしいんです」

それでは急がなくては。彼等の邪魔が入る前に。

「平泉でいいよ。それじゃ、また後で」

高中を残し、ビルに入り、エレベーターに乗り込む。

遠くガラス窓の向こうには、応援らしい別の人間と立ち話をする高中の姿が見えた。

すまないね。

これで君と会うのは最後かもしれない。

もう『後で』はないんだ。

「あれ？　平泉さん、今日約束入ってましたっけ？」

望みのフロアへ到着すると、偶然エレベーターホールで顔見知りのパソコン雑誌の編集者に声をかけられた。

「いや、今日は約束ないよ」

丁度《ちょうど》いい。

秘密の共有者は少ない方がいいから、社内に入る前に彼だけを共犯にしよう。

「じゃ、何かネタでも？」

「新しいネタは持ってるけど、それが欲しかったらちょっと協力してくれないかな」

「何です？」

「実は悪漢に追われてる。このビルの周囲を包囲されてるから、内緒で脱出したいんだ。もし成功したら、ウチの本社が今度配信するゲームの映像データを一番に流してあげるけど、どうする？」

編集者は面白そうだという顔でにやりと笑った。

「そのご立派なスーツでダンボールに入ってみる気があるなら、どこへでも車でお送りしますよ」

「ＯＫ、その案に乗ろう」

そしてその日、長い人生で初めて私はダンボール箱に入り、台車で運ばれるという経験をした。

きっともう二度と味わえないだろうな、と少し楽しみながら。

悪いイタズラを企み、再びガード達を出し抜いてまで私が向かった先は、菊地のところだった。

どうしても彼に会いたくて、会わなくてはならなくて、あの細かな家の立ち並ぶアパートへ向かったのだ。

知り合いの編集者に、その近くで降ろしてもらい、なだらかな坂道を上る。

この間はここで西岡に捕まったが、もちろん今日は彼の姿などない。

崩れた大谷石《おおやいし》の塀から中へ入り、鉄階段を上り、ドアをノックする。

「どなた？」

インターフォンではなくドア越しに声が返るから、顔を近づけて名乗る。

「平泉だ」

それを聞くと、ドアは勢いよく開かれた。

「平泉さん」

来るか来ないかずっと不安だったのだろう。

「すまなかったね、遅くなって」

「そんなことないです。さ、入ってください」

招かれて中へ入ると、部屋は先日と同じように綺麗に片付いていた。

「相変わらず綺麗にしてるね」

「物がないだけですよ、さ、どうぞ」

懐かしい畳の匂い。それに勝る線香の香り。

それは狭い座敷には不釣り合いな立派な仏壇から漂っていた。

私も学生時代に両親を亡くしている。だからだろう、この青年を幸福にしてやりたいと思うのは。

「私も線香を上げていいかな？」

「どうぞ」

断ってから仏壇の前に座り、線香を手向ける。

手を合わせ、深く頭を垂れ、暫く祈った。

「平泉さん、お茶どうぞ」

「ああ、ありがとう」

小さなテーブルに向かい合わせに座り、彼が淹《い》れてくれたお茶に手を伸ばす。

目の前にいる青年は、戸惑ったような、期待するような目を向けていた。

「全部、カタを付けてきたよ」

「俺…、別にここにいてもいいです。平泉さんが時々来てくれればそれで」

「そう欲のないことを言うもんじゃない。一人は寂しいだろう?」

「でもあなたが来てくれれば一人じゃないし」

「もちろん、これからはもっと頻繁に会いに来るよ。でもそれより、一人で過ごす時間がなくなる方がいいと思わないかい?」

「…俺を、平泉さんのところに置いてくれるんですか?」

「その方がよければそれでもいいが、もっと別の道もある」

「別の…?」

彼は怯えた表情を浮かべた。

確かに怯えているのだろう。

目の前にいる私が何を口走るか、怖くて仕方がないのだ。

「これからの君には幾つかの選択肢がある。一つはここで親御さんを守って一人で生きる、もう一つはもっと立派なマンションで悠々自適な一人暮らしを満喫する、もう一つは私と同居か隣の部屋か何かに住む。そしてもう一つは…」

ちょっともったいをつけて説明を始めた時だった、線香の匂いに交じって、揮発性の油のような匂いが漂ったのは。

「…菊地くん、灯油か何か零《こぼ》した？」

クン、と鼻を鳴らして彼が匂いを嗅《か》ぐ。

「いいえ、でも何か匂いますね」

二人で玄関に繋《つな》がるキッチンの方へ顔を向ける。

匂いはそちらから漂っていたから。

「何だろう…？」

嫌な予感がした。

「私が見よう。君はそこにいなさい」

立ち上がって玄関へ向かう。するとドアの外からこんなところで聞くはずのない者の声が響いた。

「平泉！」

叫ぶような大きな声。

「…西岡？」

聞き間違いかと思ってドアを開けると、むあっとする熱気と灯油の嫌な匂いが部屋に吹き込んできた。

「…う」

「逃げろ！　平泉！」

声の主は西岡だった。

その姿を視認しただけで、何故か心が震えた。

彼は鉄階段の下、道路からこちらを見上げ、声を張り上げていた。その腕には取り押さえたように見知らぬ男を組み敷いている。

だが彼へ続く道は、既に黒煙を上げる炎で阻まれていた。

「な…！」

「降りて来い！」

と言われても、炎の勢いはそれを不可能にしていた。

恐らく、階段下に灯油を撒《ま》いて火を点けたのだろう。

「無理だ！」

「窓だ！　窓から出ろ！」

言われるまでもない。

せめてもとドアを閉じ、部屋の中へ戻る。

「火を点けられた」

「何故？」

「君を迎えに来たことを気づかれたんだろう。急げ、窓から出る」

「でも…」

「ここは木造だろう。モタモタしてると逃げられなくなるぞ」

菊地はすぐに仏壇から位牌《いはい》を取った。

更に何かを持ち出そうとするから、声を荒げて叱り飛ばす。

「身一つでいい。お前だけが無事ならそれでいいんだ」

「でも…」

窓を開けると、火はわずかしか見えなかったが、煙は凄《すご》い勢いだった。

誰が火を点けたかはわかっている。

だがどうしてここがわかったのか。

「隣の家の屋根に飛び移れるか？」

「無理です。見た目は近いけど、距離はありますよ」

確かにそうだ。

手が届きそうだと思ったほど近かった隣家の屋根は、間に塀があるために今は遠く見える。しかもその塀はここから飛び降りるには心もとないほど崩れ、高さも低かった。

「それでも、飛ばなきゃ焼け死ぬ。来なさい」

怖じけづく菊地の腕を取って、窓辺に引き寄せる。

煙はドアの隙間《すきま》から部屋に入り込んで来ていた。

ポケットを探り、見つけたハンカチを菊地の口に押し当ててやると、彼はそれをこちらへ返そうとした。

「いいんだ。私は君より丈夫だからね」

丈夫だ、なんて今の状況では関係ないが、この子を助ける方が先だった。

「平泉！」

声が、今度は窓の外から聞こえる。

「こっちへ飛べ！　俺が抱きとめてやるから！」

開けた窓の向こう、飛べないと思っていた隣家の屋根の上に西岡が姿を現す。

灰色の瓦を踏み締め、こちらへ向かって手を伸ばす。

「今この子を飛ばせるから、こっちを先にしてくれ！」

「お前が先に飛べ！」

「ダメだ！　菊地が先だ！」

「平泉！」

どんなに怒鳴られても、優先順位は変えられなかった。

「おいで、あいつが抱きとめてくれるから、飛ぶんだ」

だが彼は首を振った。

「無理です」

勇気がないとこなぞ親に似たってしょうがないだろう。

「行け！　幸福になりたいんだろう！」

無理やり彼の身体を押し出す。

「飛べ！　お前が逃げなきゃ平泉が逃げられねぇんだ！」

それでも迷っていた菊地の背を、外から届いた西岡の声が押した。

彼の背を押していた手がふっと軽くなる。

ガシャガシャっと音がして、広げた西岡の腕に菊地が受けとめられる。それを確認してから、自分も窓枠に足を掛けた。

「平泉！」

自分に伸ばされる西岡の腕。

こんな時なのに、そこへ飛び込むことのできるこの状況にふっと笑みが浮かんだ。

飛び出す瞬間、煙をわずかに吸い込んでしまい咳《せ》き込みながら西岡の胸に倒れ込む。

足元に蹲《うずくま》っていた菊地を巻き込み、三人で瓦屋根の上に倒れ込む。

振り向くと、アパートは既にあちこちから炎と煙を上げていた。

「ここもすぐに飛び火する。向こう側から降りるぞ」

力強く腕を取られ、引き立たせられる。

だがその腕を振り払って、私は菊地に声をかけた。

「ケガは?」

「ないです」

「立てるか?」

「はい」

「ゴチャゴチャ話してないで降りろ!」

西岡に言われなくても、これだけ距離があるのに炎は熱く空気を焦がし、その場にいることも辛《つら》くなってきていた。

風向きが変われば、すぐに煙に巻かれてしまうだろう。

「菊地、降りろ」

「今度は平泉さんが先に」

「いいから二人で飛び降りろ！」

突き落とされるように屋根から隣家の庭先へ飛び降りる。

この季節になってもまだ枯れ葉が敷き詰められている荒れ果てた庭の柔らかい土の上に、無様にも手を付き、転がるように着地する。

その隣へ、西岡は豹《ひょう》のように軽やかに飛び降りた。

「ぐずぐずするな。今応援を呼んだ。俺の車まで走れ。この間の場所に停めてあるから、わかるだろう」

「西岡、何故ここに」

「お前がいなくなったと高中から連絡があった。前に逃げた時もここへ来てたからな」

「さっき一緒にいた男は？」

「お前を見張ってたらヤツが火を点けたんだ。近くの住民が取り押さえて…、危ない！」

会話の途中で、西岡は私の腕を引いて抱き寄せた。

間一髪、立っていた場所を男が駆け抜ける。

「まだいたか」

続けてバラバラっと三人のその筋らしい男が崩れかけた植え込みを破って入って来た。

「菊地！　こっちへ」

男達の目が、自分だけに向けられていないことに気づいてすぐに菊地を呼んだ。

だが彼は落ちた時に足を挫《くじ》いたのか、火事と暴漢に恐れをなしたのか、着地した場所から立ち上がれないままでいる。

「菊地」

手を貸そうと彼に向かうと、西岡に腕を取られた。

「放せ、菊地が！」

「バカ！　お前が危険になってどうする！」

男達の手の先に、刃物が見える。

「平泉さん…！」

怯えた彼の声に、思わず叫んでしまう。

「仕事なら、私じゃなく菊地を守れ！」

ここまで来たら、西岡の協力を頼むしかない。この子を助けてやってくれ、と。

だがその耳元に怒鳴り声。

「バカ！　仕事じゃなく、お前を助けたいんだ！」

「…え?」

今、何て…。

「クソッ…」

言葉を咀嚼《そしゃく》する前に、取られていた腕で建物側に突き放され、身体が家に当たる。

惚《ほう》けていた身体は簡単に飛んだ。

西岡…?

彼は座り込んでいた菊地のところへ駆け寄って、彼に手を貸して立たせつつ、向かって来る男達を蹴《け》り飛ばした。

アクション映画を観ているような立ち回り。

まるで決められた振り付けを踊っているように、西岡の身体がしなやかに動く。

「平泉さん…!」

乱闘の輪から外れた菊地が走り寄り、抱き着いてきたけれど、視線は西岡から外すことができなかった。

目が奪われる。

心が奪われる。

刃物を閃《ひらめ》かせて挑んで来る男達を避け、的確に攻撃を加えてゆく彼に。

格好がいいというより、その動きを美しいとさえ思った。

と、同時にその刃物が一筋も彼に傷を付けぬようにと、胸を締め付けられる思いで祈り続けた。

彼を傷つけないで。

彼を失わせないで。

この炎の熱さが、悪い記憶を呼び覚ます。

この熱を感じた後、自分は孤独になった。

生きている者はいつかは死ぬ。だから仕方がないと無理やり諦《あきら》め、泣くことすらしなかった。

泣いてもどうにもなるものではないと思ったから。

だって、あの時はもう間に合わなかったのだ。

駆けつけた時には全てが火炎の中だった。

でも彼は今目の前にいる。

目の前にいて、自分のために戦っている。

…いや、仕事のためか。

「西岡！」

「平泉さん！　こっちへ！」

道路側から数人の男達が私達の名前を呼んで駆け込んできても、目が離せなかった。

「捕らえろ！　一人も逃がすな！」

西岡の命令に、男達が応援に怯んで逃げ出そうとした暴漢達を追う。

「平泉さん、大丈夫ですか？　どこかケガでも？」

耳にイヤホンを突っ込んだ高中が近づき、声をかける。

「私は大丈夫だ…」

「そちらの方は？」

「あ、はい…、足を少し…」

「危険ですから、こちらへ」

「あの男達は？」

「我々の別動隊です。近くで待機させられていたので」

私がここに来ると思って、西岡は全て準備していたというわけか。

本当に彼は頭がいい。

いや、ちょっと考えればわかるようなことに気づかなかった自分が甘いだけか。

「高中。近くに連中の乗って来た車があるはずだ。すぐに捜し出せ」

西岡が近づいて来る。しっかりとした足取りで。

「西岡」

名前を呼んだのに、彼は私を見なかった。

「消防への連絡は？」

「済んでます。警察にも」

「ポリタンクは確保している。それを証拠として提出してやれ。警察には安藤《あんどう》を付けろ。お前はこの二人を送ってやれ」

「はい」

彼の視線が、一瞬自分の上で止まる。

冷たい、仕事用の視線だったが、私を見てくれただけでも満足だった。彼が手の届くところに立っていることだけで。

「ケガは？」

あとはそれだけが心配で聞いたのに、彼は答えをくれなかった。

「お前のバカさ加減には愛想がつきた。その可愛い恋人の彼氏と一緒にさっさと戻れ」

言葉が胸を刺す。

大丈夫かと言ってくれるのではないのか？　バカなことをしたと怒って、連れ帰るのではないのか？

「西岡、彼は…」

「高中。このままこの案件での個人警備を交替する。あとは終了までお前が平泉氏に付け。それから、もう松尾さんにはこの菊地氏を担当するようにと」

「はい」

「西岡」

伸ばした手が届く前に、彼が背を向ける。

欲張り過ぎてはいけない。

手元には菊地が残っている。彼だって自分にとって大切な人間だ。

けれど、彼の言葉で感じた胸の痛みを隠すことができない。不機嫌に自分を許してくれるはずの人間が背を向けたことがショックで、上手《うま》く頭が回らない。

これで全てが終わることがわかっていたから。彼等の仕事はもう終わるから。そうなればもう西岡と会うこともできず、事情を説明する機会もなくしてしまう。

「話を…！」

だから一歩を踏み出して彼の手を取ったのに。

「信用されていない人間を信用する気にはなれん。世の中、甘ちゃんの思い通りにはいかん。相手が自分よりも愚かだと思うな。自分の望みが全て叶うと思うな」

「そうじゃない、ただこれは…」

「説明なら、高中にしろ。俺はもうお役御免だ」

明確に手を振り払われ、言葉が続けられなかった。

こうなることはわかっていたのに、想像と現実の違いに打ちのめされる。

拒絶されても、耐えられると思った。全てが終われば、彼に説明する機会ぐらいあるだろうと。そうすれば新しく始めることができる。

けれどそれは全てヴァーチャルで、リアルな西岡は部下に指示を出しながら背を向けて去っていってしまう。

「平泉さん、行きましょうか。神谷氏の病院で伊沢氏が待っているそうです」

「…あ、…ああ」

ドミノなど、さっさと倒してしまえばよかった。

順番など、無視してしまえばよかった。

こんなにも彼に去られることが苦しいのなら。

「平泉さん…、俺はどうしたら…」

けれど、自分だけが頼りだというように腕にしがみついてくる菊地を置いて西岡の後を追うこともできなかった。

「大丈夫だ、私がいる。一緒に行こう」

このために、このためだけに、今日まで全てを欺いてきたのだから。

優しい人も、愛《いと》しい人も、全てを…。


高中《たかなか》の運転する車の中から、伊沢《いざわ》のおじさんに電話をかけ、病院に弁護士を呼ぶように頼んだ。

本当は、全《すべ》てが終わるまで一人でやるつもりだったのだが、あんな連中が押しかけたのでは、もうその必要もないだろう。

高中からは、行方《ゆくえ》をくらましたことをやんわりとたしなめられ、西岡《にしおか》がすぐに現場の近くまで別動隊を呼び寄せて待機させていたことを説明された。

「西岡さんが言ってたんですけどね。平泉《ひらいずみ》さんは表面上は人懐こいけれど、他人を信用しないタイプだから、出し抜かれるなと」

そんなふうに言われたのは初めてだが、当たっているのだろう。

「出し抜くだなんて、是非ご協力願いたいですね。探して欲しいものがあるんです」

「探し物？」

「ええ。今すぐ連絡して、探させてください」

病院へ到着すると、先日と同じようにガードと会社重役がガン首揃《そろ》えて私達を迎えた。

先に伊沢さんと弁護士が到着しているから、興味ひとしおという視線が向けられる。

その中を、怯《おび》える菊地《きくち》を連れて伯父の病室へ向かう。

「今日は何をしに来たのかね？」

「その青年は？」

と問う重役達に、私は極上の笑みを浮かべた。

「知りたければ、ご一緒にどうです？　皆さんが同席しても構わないと思いますよ」

その誘いに乗って、その場にいた者は金のガチョウのように我々の後に繋《つな》がった。

「失礼しますよ、伯父さん」

部屋の中には、伊沢のおじさんと顧問弁護士がいた。

「神谷グループの次期総帥の到着です」

の言葉に、背後からどよめきが走る。

「初美《はつみ》くん。それじゃ、ついにその気になったんだね？」

伊沢のおじさんは喜ばしげに、立ち上がった。

そしてベッドに横になったままの神谷の伯父も、弁護士の手を借りて身体を起こした。

「例のもの、見つかりましたか?」

だが彼等に説明をする前に、病室に控えていたガードに声をかけると、彼は頷《うなず》いてコンセントタップを差し出した。

「それは何だ?」

「ああ、やっぱりね。でなければあそこにあんな連中が来るわけないと思ったんですよ」

問いかける伊沢のおじさんに、それを手渡してやる。これを付けたのが誰だかわかっていたが、もうこんなものにも用はない。

「盗聴器ですよ」

「洗面台の下のコンセントに取り付けてありました」

「盗聴器?」

「そう。この部屋に容易に入り込める誰かが、伯父さんと私のやりとりをこれで聞いてたんです」

言いながら秘書の天城《あまぎ》を見る。

天城は、何も言わず視線を逸《そ》らせた。

「でもまあ、そんなものはどうだっていいんです。神谷の立派な跡継ぎができたんですから」

「君は、神谷の養子になるつもりか？」

　重役の一人の言葉に、私はにっこりと笑った。

「あなたはいい人だ。そんな質問を今更してくるなんて。ああ、もちろん、ばかにしてるんじゃありませんよ。悪い奴等はもう既に、その盗聴器で私が神谷を継がない、いや、継げないことを知ってるからです」

「継げない？　今、初美くんは神谷を継ぐと言っただろう」

「伊沢さん。伯父さんが離婚したのは知ってますよね？」

「ん？　ああ」

「その原因を知ってますか？」

「…いや。特に何も聞いていないが…」

「私は知ってます。当の本人に聞きましたから。伯父さんにはね、愛人がいたんですよ」

「初美くん、こんなところで…」

「奥様はそれでも我慢なさってた。元々が政略結婚だったそうですし。けれど、相手の女性に子供がいたとわかると…」

「何だって？」

　伊沢さんは驚きの声を上げた。

だが私はそれを無視して話し続けた。

「子供のできなかった自分の立場のプライドと愛情を考えて、離婚したんです。意趣返しとばかりに、祖父にその女性の存在を告げ、早いうちに排斥しなければ、神谷の家はどこの馬の骨ともわからない親子に乗っ取られるぞ、と囁《ささや》いて」

「…つまり、神谷に実子がいると言うのか」

「その通り。私と同じように、亡くなった祖父に親子共々追い出され、神谷の人間と認められることなく、今まで行方も知れなかった」

だんだんと話の飲み込めてきた一同の視線が菊地に集まる。

「伯父さんは、私を家に呼んだ時、自分にも同じ歳《とし》くらいの息子がいるのだと、今の話を教えてくれました。だが伯父はその息子を捜すのをためらっていた。それは神谷の家の複雑さと、今頃放火及び殺人未遂で捕まってるであろう親戚《しんせき》の陰湿さを恐れてのことだった。だから、私が捜したんです」

「…初美くん、そこに立ってる青年は誰なんだね？」

伊沢さんの言葉に、私は大きく頷いた。

「紹介しましょう。私の愛すべき唯一の従兄弟《いとこ》であり、神谷の伯父の実子。菊地正晴《まさはる》くんです」

どよめきが、大きく走った。

「既に戸籍も、DNA鑑定も済ませています。人物も私自身が何度も会い、跡取りに相応《ふさわ》しいことを確認しています。伯父がこのように病床に臥《ふ》すことがなければ、伯父自身が彼を迎えに行く手筈《てはず》にもなっていました。これはもう、決定事項なのです」

菊地は、痛む足を引きずってベッドに近づき、火事場からずっと握り締めていた位牌《いはい》を伯父に差し出し、一言だけ呟《つぶや》いた。

「…母です」

幸福になって欲しかった。

「…すまない。私が意気地がなかったばっかりに…」

伯父さんは、菊地の手ごと強く位牌を抱き締め、ぼろぼろと泣き出した。

「私の…、息子だ…」

その言葉に、やっと肩の荷が降りる。

大切な肉親には、幸福になって欲しかった。

家族ならば、一緒に暮らして欲しかった。

死んでしまった老人の妄執で、それが果たされないなど許せなかった。

だからずっと、彼等のためだけに動いていたのだ。

自分の伯父と、従兄弟を引き合わせ、誰に後ろ指さされることなくあの家で暮らさせてやりたい。それが私が選んだ最初の望みだったのだ。

「こんな立派な息子さんがいるのに、たかが甥の私が跡を継げるわけがありません。あとは、弁護士の先生とここにいらっしゃる皆様にお任せして、私はこれで失礼します」

一同に向かって深く頭を下げると、重役達はスイッチが入ったかのように抱き合う伯父達の周囲に駆け寄り、口々に祝いの言葉を述べ立てた。

あの秘書の天城も。

「初美くん」

そんな中、一人伊沢さんだけが、その場を去ろうとしていた私を追いかけて来た。

「伊沢さん。これからはその正晴くんをよろしくお願いします。ボディガードも、私じゃなく彼に付けてあげてください。これからはもう私を狙《ねら》おうなんて人間は現れないでしょうからね」

「それはわかるが…。私は君が跡継ぎだから親しくしていたわけではないぞ」

「わかってます。だから伊沢さんは好きですよ。でも暫《しばら》くは、正晴くんの側《そば》にいてあげてください。信用できる人はあなたぐらいしかいない。伯父さんもまだあんなだし、盗聴器を付けた人間がまだ側にいるんですから」

「それを知ってるのか？」

「多分、MGCの人間なら想像がついてるでしょうね」

「君はどうするんだ？」

問われて、一瞬言葉に詰まった。

「…私？　自分の生活に戻るだけですよ。可愛い従兄弟もできましたしね。時々は神谷の家にも行くつもりです。彼なら歓迎してくれるでしょう」

それからふっ、と思い出したように一言だけ付け加えた。

「これからは、私の親族のために、じゃなく。私自身の幸福のために頑張ります。一つチャンスを逃したものがあるから。次は逃さないように…」

とだけ。

あの男の顔を思い浮かべながら…。


不幸があっても、悲しみがあっても、自分にとって人生は十分楽しいものだった。

起こった出来事は全て受け入れてきたし、欲しいものにも遠慮なく手を伸ばした。

今日不幸があっても、明日には幸福があるかもしれない。

問題は何時自分の状況を確認するか、だ。不幸な時に振り返れば自分は不幸な人間だが、幸福な時ならば幸福になる。

全ては自らの気の持ちようだ。

だから幸福になるまで、不幸な時のことは頭にも心にも残さないようにしていた。後悔しなければ、前を向いていられる。過ぎたことは取り戻せないのだから、考えて後ろ向きになっても仕方がない。

それが正解だと思っていたし、今まではその考えで上手《うま》くやって来ていたのだ。

両親が亡くなった時も、神谷の家に拒絶された時も、他のことで穴を埋めればいい。この不幸にだけ囚《とら》われていてはいけないと。

けれど、今回はダメだった。

「平泉さん、もういいからどっか出てってくださいよ」

と内村《うちむら》が言うのも当然だろう。

「社長がいるとエラー続きで却《かえ》って手間がかかるんです。みっちゃん、この人追い返してくれる」

「社長、ホントに一回休みとった方がいいですよ。ビデオ・カンファレンスはこっちで出ますから」

社員が一丸となって私を会社から追い出しても文句が言えないほどの落ち込みだった。

原因はわかっている。

後悔しているからだ。

初めて伯父から行方不明の従兄弟の話を聞いた時、自分に似た、そして恐らく自分よりも辛い状況にいるであろう肉親に会ってみたいと思った。

もちろん、捜し出してもその人物が自分が望むような人物とは限らない。けれど見つけだした菊地は、穏やかで、臆病《おくびょう》で、誠実な青年だった。

自分が不幸だったとは思わなかったが、彼が幸福になれば自分も幸福になれる。憧《あこが》れていた自分を迎えてくれる肉親の家を、彼ならば作ってくれるだろう。

そう思って伯父をたきつけたのだ、あなたの息子を見つけた、と。

今思うと、私は寂しかったのかもしれない。

両親を突然失って、頼れると思った伯父は距離を置き、その親族達からは疎まれた。

強く感じた孤独を振り払うために、会社を立ち上げ、友人と部下と成功を手に入れはしたが、無償の愛情は相変わらず欠けたままだった。

その穴を埋めるために、ある意味菊地を利用したのかも。

めでたく神谷の姓になった菊地…、いや、正晴は、今伊沢のおじさんの家で修業中だ。あそこへ行けば、伊沢のおじさんも、その家族も、何より正晴が自分を温かく迎えてくれるだろう。損得抜きの愛情で、笑いかけてくれるはずだ。

そのために、自分は頑張ったのだ。

…けれど。

マンションの部屋で一人過ごす夜。

私は西岡に貸し与えていた部屋のドアを開けてしまう。

そこに彼がいないことを知りながら、何か残して行ったものはないかと探してしまう。

どうして、あの時彼に相談しなかったのだろう。

彼はとっくに私が考えの甘いバカだと気づいてくれていたのに。

自分が子供であることも気づいていないガキだとわかっていたのに。

『お前がバカなガキだからだ』

と言われた言葉が耳に残る。

あの時、認めてしまえばよかった。

自分は考えのたりないガキだから、西岡に助けて欲しいと言えばよかった。

彼に手を伸ばされた時、男性の経験もないのに『楽しみたい』などと言ったのは、相手が彼だったことに気づけばよかった。

他愛のない短いキスの感触を、この唇がいつまでも忘れられない理由を、彼が目の前にいる間に気づけばよかった。

西岡の姿が消えてから、彼の姿を探す。

自分の欲しいものが、ただ温かいだけの肉親の笑みから、自分を見抜き、叱《しか》ってくれた男の笑みに変わっていることに、もっと早く気づけばよかった。

恋をしていたことを、もっと早く自覚すればよかった。

後悔は夜ごと果てなく自分を襲った。

時間が経てば経つほど、頭の中が西岡のことでいっぱいになった。

手が届かなくなったから欲が増しているだけだ。それこそ子供の理論だと自分を戒めても、彼のいた部屋のドアを開けずにはいられなかった。

西岡の声が聞きたい。

たとえ愛想を尽かされていても。

手を払われ、背中を向けられていても。

彼のことが、忘れられない。

手に入らないから欲しいのではない。

彼だから欲しいのだ。

それに気づくまで、私はバカだから数日かかった。

生まれて初めての自己嫌悪に陥りながら、これもまた考えてみると初めてかもしれない恋についていて、時間が許す限り考え続けた。

何度も、去ってゆく彼の背中を思い出し、あの時に『行かないで』と言わなかった自分の愚かさを呪《のろ》って。

こんな中途半端なままでいるのなら、いっそもっと酷く傷つけられればよかったと、そんなことまで考えて…。

最近のマンションは意地が悪い。

試練のように重ねられた幾つものセキュリティの前で、たっぷり三十分は悩み、心の中で悪態をついた。

目の前にあるボタンで部屋番号を押せば、それがインターフォンとなり住人が出てくれるだろう。

けれどそこでシャットアウトされたら、建物にさえ入れず、この場所で彼が出て来るまで立ち続けるしかない。

自分のところのマンションなら、部屋のドアの前まですぐに辿《たど》り着けるのに。

けれどそのボタンの番号を知るために、あちこちに頭を下げ、人も使った。いや、そんなことじゃなく、ここまで来たのなら押さずに帰れるわけがない。

自分を鼓舞し、何度もメモを確かめてから三、〇、二、と番号を押し、最後に『呼』のボタンを押す。

壁にあるスピーカーから声がするまで、とても長い時間待たされた気がした。

『はい？』

その声だけで、手に汗が滲《にじ》む。

「…平泉だ」

『はァ？』

「平泉初美だ」

問い返されて、大きな声で名を告げると、沈黙があった。

長い、長い、待ち時間だった。

『入って来い』

と言われるまで、何時間もかかった気がした。

建物の入口のガラス戸がゆっくりと開くから、慌てて中に入る。こういうマンションを訪ねるのは初めてではないのに、妙に緊張する。

そのままエレベーターに乗って、三階へ行き、ドアを一つ一つ確かめて、三〇二号室の前に立った。

扉の横には普通のインターフォンがあるから、それを押そうと手を上げた時、ドアが開いた。

「何しに来た」

部屋から漂うタバコの匂い。

目の前に立つ、獣のようにしなやかな肢体の男。

ドアの向こう側にいるのは幻ではない西岡灰也《かいや》だった。

「西岡に、仕事を頼みに来た」

「仕事？　もう報告は上がってる。あの一件は落着したんだろう」

「あれとは別件で、私のボディガードを頼みたい」

私を好きでなくとも、愛想を尽かしても、仕事なら受けてくれるだろう？　あの時のように、傍らにいてくれるだろう？

まず最初はそれでいい。

「仕事なら会社を通せ。もっとも、会社からのオーダーがあっても、もうお前のガードはやらん」

「どうして!?」

閉じようとするドアに身体を押し込んでそれを止める。

「バカでワガママで狡猾《こうかつ》で信用のおけない子供の面倒を見る気はない。第一、よくここを調べたな」

「探偵に頼んだ。会社帰りの西岡を付けたらすぐにわかったと…」

「ああ、先週俺の後ろをちまちま付いて来たヤツはお前の仕業か。そういうところが姑息《こそく》だって言うんだ」

…気づいていたのか。

「最初は会社にかけあった。だがガード個人の情報は出せないと言われたんだ」

「当然だろう」

「でも会いたかったんだ！」

にやり、と彼が笑う。

少なくとも嫌われてはいないと思わせる顔で。

「最初からそれを言えよ。入っていいぜ」

身体をずらし、道を開けて招くから、素直に中に入る。

私の部屋よりもよっぽど綺麗だけれど、少し狭いその部屋は、思ったよりも物の少ない、生活感の薄い部屋だった。

彼は窓に向かって据えられているベッドみたいにデカいソファに私を座らせた。

テーブルの向こうに対になる椅子がないから、少し間をおいて彼も隣に腰を下ろす。

「それで？　来訪の目的は仕事の依頼だけか？」

「説明がしたかったから」

「説明？」

「西岡を裏切ったのには訳があったんだって。話を聞いてると思うだろうからはしょるけど、菊地のことを他の人に話すわけにはいかなかった。誰が誰と繋がってるかわからない状態で、初対面の人間に秘密を話すことができなかったんだ」

「ビンビンに気を張ってたからな、何か秘密があるのはわかってたさ。だからお前の望む通りにフランクな態度をとってやったんだ」

「…嘘だ。そんなの」

そこまでこの男の手のひらの上で弄《もてあそ》ばれていたとは思いたくない。

私にだってプライドというものがある。

「お前が恋人に会いに行ったんじゃないこともわかってたさ。だから菊地の部屋がわかった時点で、彼については調べていた」

「嘘ばっかり！　最後に火事の現場で『その恋人と』って言ったじゃないか」

怒鳴るためにわざわざ勇気を出してこんなところへ来たわけじゃないのに。

「平泉があの子を恋人と言ってるからだろう。お前を押し倒した時点で、お前が慣れてないことぐらいわかってたさ。襞《ひだ》に傷もなかったし、前も綺麗なもんだった」

「な……！」

カッと顔が熱くなる。

「残念ながら、俺はお前より経験値が高い。知識も豊富だ。だからその程度はわかるんだよ。だから挿入《い》れないでやったんだ」

池の鯉《こい》のように口をパクパクさせて、言葉を探すが、声が出ない。

あの時、自分の身体を探っていた彼の指の動きを、思い出し、その言葉は本当かもしれないと思ってしまうから。

「一人で頑張ってきた子供が、最後まで自分で頑張りたいというのを止める気はしなかった。だから見守ってやった。だがお前は自分が使えるものも使えない子供だった。菊地のことを隠したいままなら、俺にこう言えばよかったんだ。『俺の大切な恋人に危害を加えられないようのは、俺に甘えて口を閉ざしてくれというだけだった。恋人の部屋のすぐそばで俺にキスされても、慌てもせず、怒りもしなかった。だからお前はバカな子供だと言ったんだ」

悔しい。

悔しいが、言い返せない。正にその通りだったから。私が狙われているのなら、私の恋人を守ってくれという理由で菊地にガードを頼むこともできた。私には『他のガード』を付けて、秘密を知った西岡に彼を任せることも。

それをしなかったのは…。

「理由なんか説明しなくても、俺は全部わかってた。だからもう安心して帰れ。仕事は受けない、だから交渉も終わりだ」

「嫌だ！」

「平泉」

「あの時、私がお前のクライアントじゃないから、お前は私のところに残ってくれなかった。だったら、今度は私がクライアントになってやる。ずっと側にいて欲しいんだ」

「仕事で俺を縛って楽しいか？」

「だって、仕事じゃなく私のところに来たと言ったじゃないか…」

彼はまるで子供が宿題の正解を出したみたいな顔で驚いてみせた。

「何だ、ちゃんと聞いてたのか」

「聞いてたさ。ちゃんと思い出した。だから来たんだ。仕事を依頼して側にいてくれれば、子供の私を放っておけなくなるだろう」

西岡は指を伸ばすと、デコピンした。

「痛っ」

「思考回路がガキだな」

「何を…！」

「もう少し大人な考えをしてみろ。自分のことばかり考えてないで、周囲を見回せ、相手のことも考えろ」

何を偉そうに。

「考えたさ。私は確かにバカなガキだ。だから自分にできる精一杯のことを考えてここに来たんだ。西岡は仕事に忠実だから、仕事なら断らないだろう？　ちゃんと信頼を送れば、返してくれるだろう？　子供でも、見捨てないだろう？　だから直接ここに依頼に来たんだ、全部説明して、怒られても呆《あき》れられてもいいからと思って」

こっちは必死に言ったのに、彼は大きなタメ息をついた。

「俺が何故お前にキスしたと思ってるんだ?」

「…バカなガキだから」

「どうして火事の時に菊地よりお前を優先させたと?」

「仕事のガード対象者をまだ私だと思っていたから」

「お前は本当に二十六か? 信じられないほど低能だな」

「いくら惚《ほ》れた相手でも、そこまで言われる筋合いはない。私が気づいてないことがあるなら、ちゃんと説明してくれればいいだろう。バカは自覚したんだから」

自分は、結構頭もいいし、大人びた考えをする人間だと思っていた。

だが西岡の気持ちだけはいつも読めない。

「惚れてる?」

からかうようににやつく彼が、それを面白がってるのか、喜んでいるのか。

「…悪いか」

きっとそれは正解を知るのが怖いからだ。

「惚れてるんなら、それ相応の口説き文句でも口にしてみろよ。仕事の依頼じゃなく」

二つの答えのうち、悪い方だったらどうしようと無意識に考えて、答えを出さないようにしてしまうから、彼のことだけよくわからないのだ。

「笑うな…」

彼はいつも正しかったから、彼の言う通りもう一度考えてみよう。

「ここで笑われると誤解する」

もう少し大人な考えをして、自分のことばかりではなく西岡の気持ちになって。

「どんな誤解だ?」

仕事に忠実だろうと思う彼が何故自分にキスしたかとか、どうして火事の時にどう見ても助けを必要とする菊地より自分を優先させてくれたかとか。

考えて、二つの答えのうち、自分に都合のいい方をチョイスして、口にしてみた。

「私は楽観主義だから。…お前が私を好きで、私がお前を好きだと嬉《うれ》しいみたいだと」

「ビンゴ」

手が伸びて、手を取られる。

「やっと正しい答えに辿り着いたな」

強く引っ張られて、前のめりに彼の方へ身体を傾ける。

「これでようやくお前を大人扱いできる」

顎《あご》を取られ、顔を上向かされ、余裕の笑みを浮かべた顔が近づいてくる。

「…私は西岡のことが好きだが、まだ西岡が私をどう思ってるか聞いてないぞ」

このキスを受けて、それが最後だったらきっと泣いてしまうと思ったが、そう言って身体を引いた。

「そんなの手を出した時から決まってる」

だが彼は私を逃がさず、想像していた答えの、『いい方』の答えをくれた。

「子供が大人になるのを待つくらい、好きだ」

今までのとは違う、深く長いキスをくれながら…。

「お前が孤独を恐怖する子供だというのは、出会った最初の日にわかっていた」

女と寝た経験はあるし、一度は彼の手でイかされたこともある大人の私に向かって、彼は言った。

「お前の部屋に入る時、友人ではない人間は入れられないと言っただろう。それは気を許せない人間をテリトリーへ入れるのが怖いからだ」

彼に会うためにわざわざ下ろした新しいスーツに手をかけ、手慣れた様子でネクタイを外した。

「親しげに語りかけてくれというのも、他人行儀な大人が怖かったんだろう。冷たくした親族を恨んではいないとは言ったが、その冷たさと余所余所しさが怖かった」

人を脱がせたことはあっても、脱がされたのはこの男に一度だけだから、シャツのボタンに手がかかるだけでドキドキする。

「健気《けなげ》で虚勢を張る、苦労と孤独を知ってるお前を可愛いと思っても、全身から『私は大人が怖いので近づかないで』ってトゲを出してる子供に手は出せなかった」

それを口にするとまたからかわれそうだから、必死になって平静を装うけれど、彼はそんなことはお見通しだという笑みを口元から消さなかった。

「よく言う。押し倒したクセに」

のしかかって、広いソファの上に押し倒される。

鼻を掠《かす》めるタバコの匂い。

大人の男の体臭。

西岡の匂いだ。

「あれはお前がバカだからだ。何が目的かは知らないが、自分の命を軽んじてるヤツに腹が立った、半分だけ。残りの半分は嫉妬《しっと》だ。触れるまでは本当に恋人と会ってきたのかと思ったから」

唇が触れる肌。

「ん…」

と声を上げ、思わず身を竦ませてしまう。

「だが手を出したらすぐにわかった。自分のイチモツが握られるのをボーッと見てたり、ズボンの上から触れただけで声を上げげたり、爪の先ほども入らないケツの穴でな」

彼の野卑《やひ》な言葉に顔が熱くなる。

「ば…」

だが彼はそれを楽しんでいた。

からかうのではなく、満足げに。

「キスの意味を相手に聞くなんてことをするところも、そうやってすぐに頬《ほお》を染めるところも、だな」

鎖骨を舌で濡《ぬ》らし、手が先導してゆっくりと身体にそれが這《は》う。

濡れた痕《あと》が熱く軌道を残す。

「だが俺は子供じゃないし、青臭い恋愛で満足する人間でもない」

唇が胸に行き当たり、突起を含んだ。

「自分で飛び込んで来たんだから、覚悟はしろよ」

薄い歯先がそこを摘まむように嚙《か》み、感覚を煽《あお》る。

「や…」

彼がセックスに長《た》けているのは、前の時に身に染みていた。

口だけで簡単にイかされたのだ。

男と寝るのは初めてだった身体が、嫌悪感の一つもなく燃えた。

快感に溺《おぼ》れさせられた。

それでも、あの時はまだ刺激だけだった。

拒まなかった時点で、彼に好意は抱いていたのかもしれないが、西岡の方も自分を求めているのだとは思っていなかったし、触れる手は、自分の好きな人の手でもなかった。

けれど今日は違う。

西岡の顔が目の前にあるだけで。

いいや、触れる指の熱が西岡だと意識するだけで、彼が『自分』を求めて肌をまさぐっているのだと思うだけで、触れられていない部分までがピリピリと緊張する。

「私は…、話し合いに来ただけで…今日はここまでする気は…」

それこそ、何も知らない子供のように、過敏になってしまう。

「怖くなると言い訳するのはまだ子供の部分だが、それを聞いてやれないのがわかる程度には大人だろう?」

「好かれて抱かれるのは嬉しいけど…」

「けど? けど何だ?」

会話しながら舌が胸を嬲《なぶ》る。

「あ…」

女ではないのに、そこだけで感じる。

男もそういうものなんだろうか?

「上手く行き過ぎて怖い…!」

西岡は舌の動きを止め、私の上でクックッと喉《のど》を鳴らして笑った。

「何だよ」

「いや、あんまりにも可愛いことを言うんで、その気になった」

一旦《いったん》身体を離して、彼が着ていたシャツを脱ぎ捨てる。

この間はジャケットすら脱がなかったのに。

現れた身体は均整が取れていて、格闘家というよりダンサーのように美しく絞られた身体だった。

筋肉の流れが、彼の骨格を取り巻いてそれを作り上げているのだ。こうなるためには、相当の習練を積んでいるのだろう。

男の裸に見とれる趣味はなかったのに、目が奪われる。

「ちょっと待ってろ」

「…終わりにするのか？」

「言い訳してまで止めようとしたクセに、名残惜《なごり》しいか？　安心しろ、今日は満足するまで食らい尽くす」

向けられた背中も、とても綺麗だった。

赤くうっすらと何かの傷が残っていたが、それすらも彫像のアクセントのようだった。

そうか。

彼は、自分の周囲にはいなかったタイプの男だ。

私の容姿や、生まれや、社会的地位で私を判断するのではなく、言葉を交わし、生活をともにした相手としての私を見てくれる。

私よりも頭がよく、私よりも強く、私よりも大人で、ケダモノだ。

「何を笑ってる」

戻って来た彼は、ソファの上に大きなバスタオルを広げた。

「いや、初めて会った時に、松尾《まつお》と西岡で、西岡を選んだ私は正解だったな、と」

「余裕だな」

「そうじゃない。やっぱり私は幸運で、幸福な男だと思っただけだ」

足を捕らえられ、バスタオルの上に腰を乗せられる。

「それは違う。自分からそう言わなければならないほど、お前は幸福を掴みきれていないだけだ。口に出して確認しないと、本当に自分が幸福かどうかわからないのさ。だから自分が幸福だと言う時、必ず何々だからと条件を付けるだろう？」

私のズボンに手をかけ、前を開く。

「いい、自分でする」

「じゃ、全部取れ。上は着ててもいいぞ。どうせもう全開だ」

彼の言う通り、スーツの上はいつの間にか脱げてソファから落ちていたし、袖を通したワイシャツは前が開いていた。

この上、下も脱ぐということがどういう意味だかわかっているけれど、私はもぞもぞと服も下着も自分で剝《は》ぎ取った。

ワイシャツの裾を引っ張り、恥ずかしい部分だけを隠す。

そのことについては、彼は何も言わなかった。

子供のようだとも何とも。

「本当に幸福なヤツはな、ただ何々だからなんて言葉は必要ない。ただ『いい感じ』って言ってりゃいいのさ」

膝を摑まれ、脚を開かされる。

恥ずかしい部分が露《あらわ》になるから、慌ててまたシャツの裾を引く。

「男を相手に勃《た》つの…？」

「男に勃てさせられたヤツに言われてもな」

「触られれば誰だってこの程度にはなるだろ。…私も、西岡に触るべきかな…」

「そう心細そうな顔をするな。お前が俺で喘《あえ》いでくれりゃそれで俺は勃つ。子供に奉仕してもらわなくてもな」

「もういい加減子供扱いするのはやめて欲しいな。本当の子供だったら、こんな格好でおとなしくしてないと思うけど？」

「だな。ここで子供に戻られても困る」

顔を押さえられることなく、キスされる。

唇を重ねたまま、彼の手がシャツの裾から入り込む。

指がそこに絡み付き、ゆっくりと追い上げる。

「ん…」

終わりになるなら、傷つけられたいと思っていたのに、どうしてこんなふうになったんだか。

抱かれたいとまで考えていなかったのに。

ただ彼の目に映りたい。

彼に触れたいと思っていただけなのに。

何度『子供』と言われても、所詮は大人の男だということだろうか。

頭の中身は子供でも身体は大人ということだろうか。

だとしたら始末に負《お》えない。

「あ…」

キスは時折離れるけれど、まるで下肢を探る彼の手を見せまいとするかのようにずっと続けられた。

敏感になっていた身体は、舌がからむ感触だけでも蕩《とろ》けてしまいそうだ。

耳に届くいやらしい唾液《だえき》の音が、羞恥《しゅうち》と快感を呼ぶ。

「ど…、してバスタオルを…?」

「お気に入りのソファだ。汚されると困る。大人は先のことも現実的に考えるんだ」

「色気がないって…、あ…っ」

先端を引っ掻《か》かれて、声が上がる。

ざわりとした感覚が彼の爪の先から一番アブナイ場所を通って身体の芯《しん》を震わせる。

「にし…」

堪らなくなって、彼の身体にしがみつく。

「今日は先に何度イッてもいいぞ。こっちもすることはする」

言われなくても、もうそれだけでイッてしまいそうだった。

確かにバスタオルを敷いてもらってよかったかも。そうでなければこの綺麗なソファには二度と座る気は起きなかっただろう。

二度と…。

「ん…」

この抱擁が終わっても、私はこの部屋を訪れることを許されるだろうか？

子供が大人になるのを待つ程度には好きだと言ったけれど、それは身体を求めてのことではないのだろうか？

「にしお…、私が好き…？」

「は？」

「…これが終わっても…まだ…」

西岡の顔が一瞬鼻白む。

この顔は何度か見た。

私が謝ったり甘えたりした時に見せた顔だ。

「時々お前は反則なほど可愛くて困る」

指が、入口を探る。

「あ…！」

爪の先が中に入り、軟らかい部分を軽く掻いて抜け落ちる。

「…う」

そして再び内側へ。

まるで襞の感触を楽しむように。

「そんなにペシミストにならなくてもいい」

何度もそれを繰り返し、こちらがそれに過敏に反応しなくなると、手が伸びてバスタオルと一緒に持って来たテーブルの上の軟膏《なんこう》を取り上げ、指で一掬《すく》い中身を取った。

「一時の相手にするにはお前は面倒だ」

指が軟膏を纏って、ぬるりとした感覚のまま中へ差し込まれる。

「ん…っ」

「その面倒さを背負ってやるくらい、好きだ」

この間の時よりもずっと深く侵入してくる。

その圧迫感に目尻《めじり》が熱くなる。

「お前が、虚勢を張らなくてもいいように、側にいてやる」

中へ、そして引き抜かれ、また中へ。

女のアソコを嬲るように、自分の後ろが弄《いじ》られる。

指は体温で解けた軟膏の滑りをかりて、ぐちゃぐちゃとそこを掻き回す。

「バカなガキから仕事は受けないが、バカなガキでも恋人にはしてやる」

『恋人』という一言に身体に力が入った。

咥えた指を締め付けて、胴震いする。

零《こぼ》してしまいそうなほど前が溢《あふ》れても、後ろだけではイけなくて彼にしがみつく。

前を触れて欲しいとは口に出して言えなかった。

開いた脚の間から、彼の身体が近づく。

それに合わせてまた指が激しく動く。

「あ…、や…」

イきたいのにイけなくて、いっそ自分でしてしまいたかったが、そのためにはしがみついている彼の身体から手を離さなければならず、そうしたら心ごと身体がどこかへ行ってしまいそうで、できなかった。

　こちらの状態がわからないはずはないのに、彼は執拗《しつよう》に後ろだけを責めるから、火照った身体が溺《おぼ》れてゆく。

「にし…岡…っ」

　声が上ずる。

　女のようで恥ずかしいけれど、名を呼んで希《ねが》わなければ彼にこの渇望が伝わらない気がして、何度も呼んだ。

「西岡…、西岡…、もう…」

「こっちだけじゃダメか?」

「もう…、やだ…」

「いいぜ、こっちもだ」

　指が引き抜かれて、少しだけ楽になる。

　膝の裏を持たれて、脚が抱え上げられる。

「や…っ!」

　恥ずかしい格好に、声を上げたが、彼は無視した。

　いつもだ。

この男はいつも自分の言葉を聞き流す。

でもそれがまたいつも正解だったりするからシャクにさわる。

「本当は後ろからのが楽なんだけどな。その顔を見ずにするのはもったいない」

忠実だったガード・ドッグの牙《きば》が、肌を裂く。

「あ……」

ぷつっ、と皮膚を破る感覚。

「あ、あ、ぁ…」

こじ開けられて、食われてしまう。

怖くて、恥ずかしくて、必死にしがみついた。

しがみついている感覚すらなくなってしまうほど、力を込めて。

「や…」

快感に勝る痛み。

見ることはなかったけれど、身体が知る彼の猛り。

絶対に、この男のモノは自分のよりデカイに違いない、なんて極めて男らしい感想を抱いたのは一瞬だった。

「は…」

彼が身体を進めると、喘ぐ唇から、押し出されるように吐息が漏れる。

「にし…」

目を開けると、こっちを見下ろしている彼の視線と目が合った。

「見る…な…」

「どうして？　そそるぜ？」

「や…」

「お前は格好を付けたがるから、恥ずかしいんだろう？　だがそうやってみっともない方が可愛い」

彼が腰を動かしながら前に触れてくると、感じすぎて、どうにかなってしまいそうだった。

「人間ってのは、みっともないもんだから」

以前抱いた女の子が、エクスタシーの瞬間に何かを求めるように手を差し伸べたのが今ならわかる気がした。

あの時は、ただ可愛いから抱いただけの相手だった。

向こうもそうだと思っていた。

もしかしたら、彼女もこの不確かな浮遊感を伴う快感に呑《の》まれて、何かにすがりたかったのかもしれない。

あの時、もう少しあの娘に優しくしてやればよかった。

今、手探りで私の手に指を絡めてしっかりと握りしめてくれる西岡のように。

「お前がこの部屋に飛び込んで来るのを、ずっと待ってたんだ…」

だが、彼以外のことを考えられたのは、その一瞬だけだった。

全身が揺らぎ、自分の肉体の輪郭すら失ってしまいそうな感覚の波が溢れ出る。

前を握られ、奥を目指され、声が止まらない。

けれど発しているはずの自分の喘ぎが、耳に届かなかった。

いつも端整で、余裕のある西岡の顔が苦しそうに歪《ゆが》み、荒く息を吐くのを見れたのが、幸福だった。

彼に余裕をなくさせているのが自分だというのが幸福だった。

ああ、そうだ。

一つだけ、彼は間違っている。

幸福の理由を語るのは、自分を納得させるためだけじゃない。

口にするその理由が、自分にとって必要なものだと誰かに伝えたい。そういう時もあるのだ。

「す…」

貪《むさぼ》るように唇が吸われる。

前を握っていた手が、髪に差し込まれ、頭を抱えられる。

「好き…」

自分の濡れたモノが彼の腹で擦られる。

セックスの快感よりも、彼と繋がってることが、彼が自分と一つになっていることが、とても嬉しかった。

そして、彼に食われてゆくその感覚が、身体の中にある彼の存在が、長く感じていた孤独感を吹き飛ばしてゆくのを感じた。

「あ…ぁ…っ！」

そして多分人生で一番はしたない格好で、一番の快感に呑まれながら、子供のように大きな声を上げた。

大人の悦びを感じながら…。


自分が孤独だと感じたことはあった。

けれどそれが辛いことだと思ったことはなかった。

寂しいと感じたこともある。

けれどそれを埋められないものだとは思わなかった。

人生は楽しく、小さな傷はやがて消えるものだと思っていた。

けれど、こうなって初めて気づいたたくさんのこと。

自分は、何でも楽天的に考えることで、あるべきものを見ていなかったのではないだろうか。

起こったことの全てを受け入れたと言いながら、それは単に呑み込み、無理やり内側へ流し込んでいただけかも。

思い込んで、自己暗示にかけて、幸福だと言い聞かせて、笑っていた。

テーブルの上に伏せられていたカードを、一枚一枚めくってゆくように、自分の心が見えてくる。

本当は、両親が亡くなった時に惨めなほど泣きたかった。

慰めの言葉に笑みを返すのではなく、自分がいれば助かっただろうかとばかなことを言って否定してもらいたかった。

伊沢のおじさんが現れた時、どうして本当の伯父さんが来ないのかと怒りたかった。

祖父の話を聞いた時、何故自分の愛した娘を迫害したのかと怒鳴りたかった。

金に目の眩《くら》んだ親戚を、憎んでもみたかった。

一人で起こした会社を、みんなに見せびらかして、褒めてもらいたかった。

そういうことはみっともないことだと思っていたし、それをすればきっと見下げられると思ったから、できなかった。

自分は、ずっと『いい子』でいたかった。

綺麗でいたかった。

子供の頃はそんなふうでもなかったのに、一人になってから、他人の評価が怖かった。それは亡くなった両親をも評価することだと気づいていたので。

距離のある場所にいる人間は、本質を知らずに評価を与える。

余所余所しい人間は怖い。そう思っていた。

だから、菊地に会った時、あの子が臆病な子供でいることにほっとしたのだ。

自分にはできなかったことをしてくれる子だと。

その優しさが、『いい子』でいる自分の居場所を作ってくれるのではないかと、助力してやった。

でも、西岡に会ってしまった。

めくったカードはジョーカーで、何にでもなるカードだった。

優秀なボディガードで、自分を子供扱いして、自分を認めてくれて、頼ることも許すこともしてくれる人だった。

側にいて、知らず知らずのうちに自分は彼に甘えていた。

彼にだけは、そうしてもいい気がして。

でも身体が痛むほど抱かれたあと、からっぽの頭でぼんやりと思う。

彼は優しい男ではないな、と。

随分怒られた、迷わされもしたし惑わされもした。

捨てられて、傷つけられ、試されもした。

なのにどうして、自分はこの男だけは自分を甘やかすだなんて思ったのだろう。

こんなにも、好きになってしまったんだろう。

「理由を探すのは悪いクセだな」

言葉にしてその疑問をぶつけると、運ばれた彼のベッドの上、タバコをくゆらせながら西岡は言った。

「俺なんぞ、何でこんなガキっぽいのに惚れたかなんて、考えもしなかった」

甘いんだか甘くないんだか、わからない言葉で。

「それが恋だとでも思っとけばいいんじゃないか?」

でも、知りたい時もあると言うと、彼は暫く黙った後、ポツリと呟いた。

「誰も、お前の仮面に気づかなかったからだろう」

と。

「俺は仕事をしている時には極めて真面目な男だ。真面目でなければケガもするし、命も落とすから。自分の命は粗末にしないタイプで、他人に甘えられるのも好きじゃないと思われてる。だがお前はそういう俺の外面を見破って、実は俺があんまりいい男じゃなく、真面目でもなく、甘えられるのも嫌いじゃないってところを見抜いた。本人が意識していようがいまいがな」

そうなんだろうか？

「同じように、みんなはお前の外面である、前向きで、何不自由ない生活で、相手にもことかかない大人だって姿を信じていたが、俺だけが臆病でバカな子供だと気づいた。本性を知られると、気を張らなくてすむ。だから側にいるのが楽で、離れたくなくなるんだろう」

空気みたいに？　と聞くと彼はちょっと違うなと笑った。

「でもまあ、やっぱり俺は何でもいいよ」

手が髪を優しく撫でるから、そっと目を閉じる。

その指が心地よくて。

優しさが嬉しくて。

抱き締めてくれない素っ気なさも彼らしくて。

疲れた身体に眠りが訪れる。

自分のテリトリーではないシーツの海の中を漂いながら、こんなに心地よいと思うのは初めてだった。

それはきっと、側に西岡がいるからだろう。

でもそれを伝えるには、もう眠りの淵《ふち》が近すぎた。

「外では、オプティミストとボディガードでいればいいじゃないか」

彼の声が遠のいてゆく。

「二人でいる時だけ、ペシミストと野獣になれば」

落ちてゆく私に、タバコの匂いのキスが降る。

「『明日』が心配なら、ここへ来い。来年が心配なら、どこかで一緒に暮らせばいい。世間並みの幸福をくれてやれるかどうかはわからんが、一人にしないことだけは誓ってやるよ」

眠ってしまったことはわかっているのに、彼はそんな言葉を囁いた。

独り言だったのかもしれない。

まだ眠ってないかもしれないから、照れ隠しでギリギリ聞こえるか聞こえないかの時に漏らした本音だったのかもしれない。

問い返せないからわからない彼の気持ち。

だから…。

私は都合のいいように解釈した。

結構西岡も乙女なところがあって、これはきっと面と向かって言えない本音なのだろうと。

いいや、推測でものを語るなんてしなくてもいい。

明日の朝目覚めたら、ちゃんとどっちなのか聞いてみればいい。

もうそれができる『二人』なのだから…。

あとがき

皆様、初めまして。もしくはお久しぶりでございます。火崎勇《ひざきゆう》です。

この度は『楽天主義者とボディガード』をお手にとっていただき、ありがとうございます。

イラストの新藤《しんどう》まゆり様、素敵なイラストありがとうございます。担当のM様、お世話をおかけいたしました、ありがとうございます。

お二人とも、ここには詳しく書けませんが、戦友と呼ばせてください。本当に、本当にありがとうございます。


さて、このお話、いかがでしたでしょうか？　受と攻が明確に役割分担されているわけではないというのと、最後までラブラブ感が表に出ないのが珍しいお話だと思うのですが、そういうのが好きな方にはちょっと物足りなかったかな？

平泉《ひらいずみ》の気持ちはおわかりでしょうが、実は西岡《にしおか》はパスタを作ってもらった時から平泉のことが好きになっていたのです。それを知ってから読むと、彼の言動の細かいところに笑みが浮かぶのでは？　あの時は既にそうだったのか、とか。

めでたく恋人になった二人です。でもこれからも、それぞれの仕事で忙しいでしょう。西岡は特に仕事が仕事なので、長く連絡が取れなくなることもあって、デート時間の調整が大変かも。

そんな時、平泉がゲームの関係でアメリカに行くことになり、寂しいからと西岡をガードで連れてゆく。デート三昧のつもりだったのに、企業戦に巻き込まれて平泉がピンチ。ただのやさぐれカバン持ちだった西岡がガードの本領発揮…、というのも楽しそうだと思いませんか？

あ、平泉はいつもハンサムな社長ですが、西岡は仕事ではスーツで真面目なガードですが、私生活ではやさぐれた男なのです。

ま、そんな二人が、これからもちょっとスリリングで甘い生活を堪能できるように、祈りたいと思います。

さて、そろそろ時間となりました。楽しい妄想はここまでにして、またいつかどこかでお会いいたしましょう。それでは皆様、御機嫌よう。

この本を読んでのご意見、ご感想を編集部までお寄せください。

《あて先》〒105－8055　東京都港区芝大門2－2－1　徳間書店　キャラ編集部気付
「楽天主義者とボディガード」係

■初出一覧

楽天主義者とボディガード……書き下ろし

楽天主義者《オプティミスト》とボディガード……【キャラ文庫】

2008年3月31日　初刷

著者　火崎 勇

発行者　吉田勝彦
発行所　株式会社徳間書店
〒105-8055　東京都港区芝大門2-2-1
電話048-451-5960（販売部）
03-5403-4348（編集部）
振替00140-0-44392

印刷・製本　図書印刷株式会社
カバー・口絵　近代美術株式会社
デザイン　百足屋ユウコ・海老原秀幸

ISBN978-4-19-900475-9

好評発売中

火崎 勇の本
【愚か者の恋】
イラスト◆有馬かつみ

義兄《あに》の側にいられれば、想いが叶わなくてもいい――。母に捨てられ、名門旧家の父方に引き取られた美久《よしひさ》。誰にも愛されたことのない美久に、ただひとり手を差し伸べたのは、クールだが優しい義兄の真意《しんい》だった。密かに真意に思いを寄せる美久は、ある日自分を抑えきれずに、「あなたが抱いてくれないなら、他所《よそ》へ行く」と強引に告白!! けれど、真意はなぜか美久を拒まず受け入れて!?

好評発売中

火崎 勇の本
【メビウスの恋人】
イラスト◆紺野けい子

一代で大手レストランチェーンを築いた辣腕《らつわん》の青年社長・海門《かいもん》。欲しいものは必ず手に入れてきた男が、今一番執心しているのが、美貌の店員・八重垣《やえがき》だ。何度も通いつめて口説いた末、ようやく海門に身体を許してくれた八重垣。けれど「あなたは好きだけど、恋人にはなれない」と告げられてしまう!! 頑なに恋人になることを拒む、その理由とは…!? 運命に翻弄されるドラマティックLOVE。

好評発売中

火崎 勇の本

【ブリリアント】

イラスト◆麻々原絵里依

古めかしい日本画壇で、才能もビジュアルも突出した新進画家同士——目を惹く長身で力強い筆致の飾沢《かざりざわ》と、繊細な容貌とそれに見合う作風の紺野《こんの》。二人は自他共に認めるライバルで大親友だった。ところが紺野が、理由も告げずに筆を折ると宣言！ その上なぜか飾沢を避け始めた!? この関係は永遠だと思っていたのに——。衝撃を受けた飾沢は、ある夜紺野に衝動的にキスしてしまい!?

好評発売中

火崎 勇の本
【最後の純愛】
イラスト◆宝井さき

最後の純愛
火崎 勇
イラスト◆宝井さき
解放すれば、壊してしまう。
この激情が怖かった——。
キャラ文庫

結局失うなら、二度と本気の恋はしない——。フリーライターの巨摩《こま》は、サラリーマンの芝《しば》とルームシェアをしていた。穏やかな芝は、巨摩にとって理想の相手。このまま心地よい共同生活を続けていきたい——。ところが、芝に想いを寄せる同僚が現れ、「芝を好きじゃないなら同居を解消しろ」と迫られてしまう!! 敢えて封印していた欲望を自覚した巨摩は、ある晩思わず芝をきつく抱いてしまい…!?